TOブックス

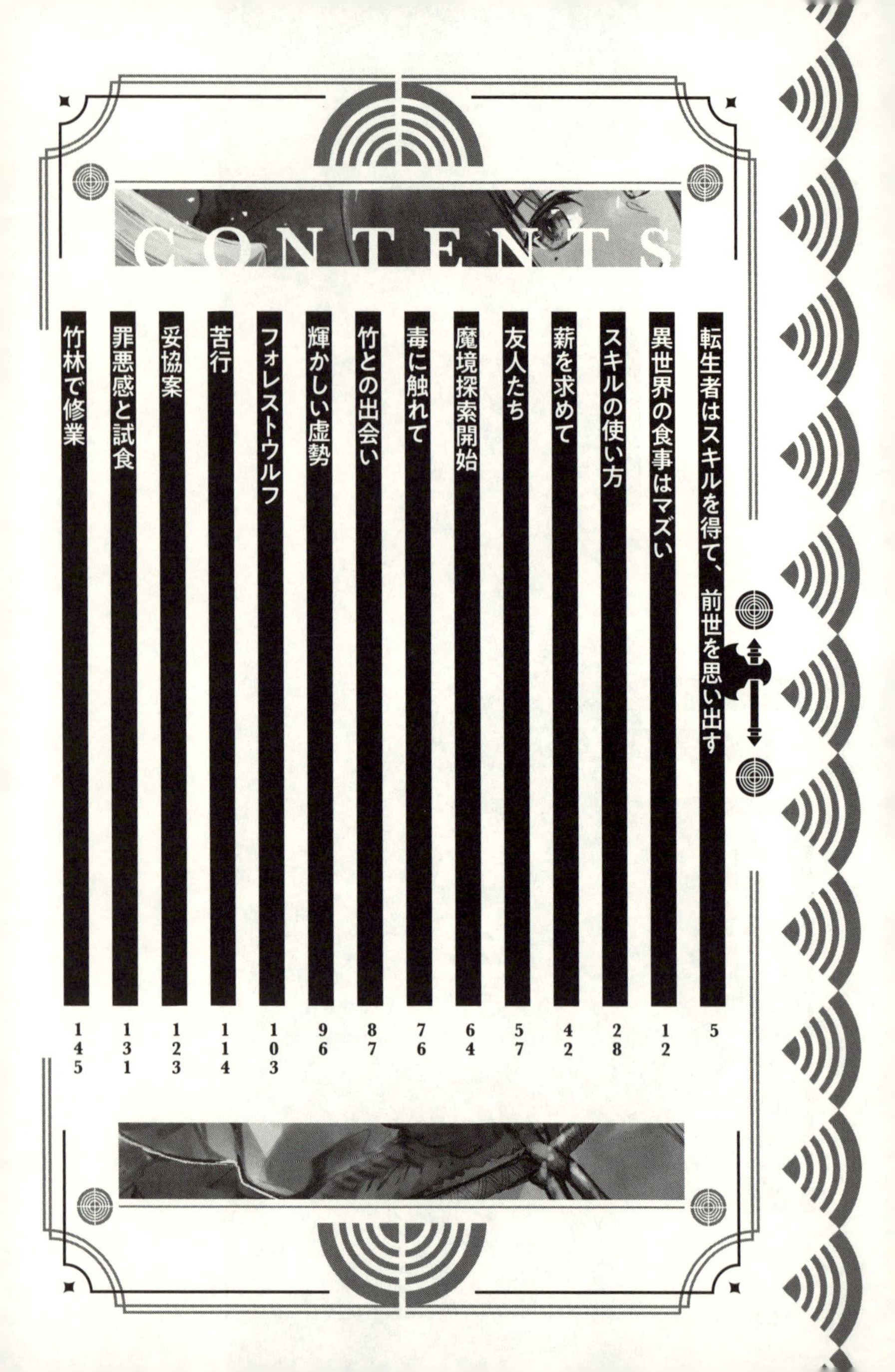

CONTENTS

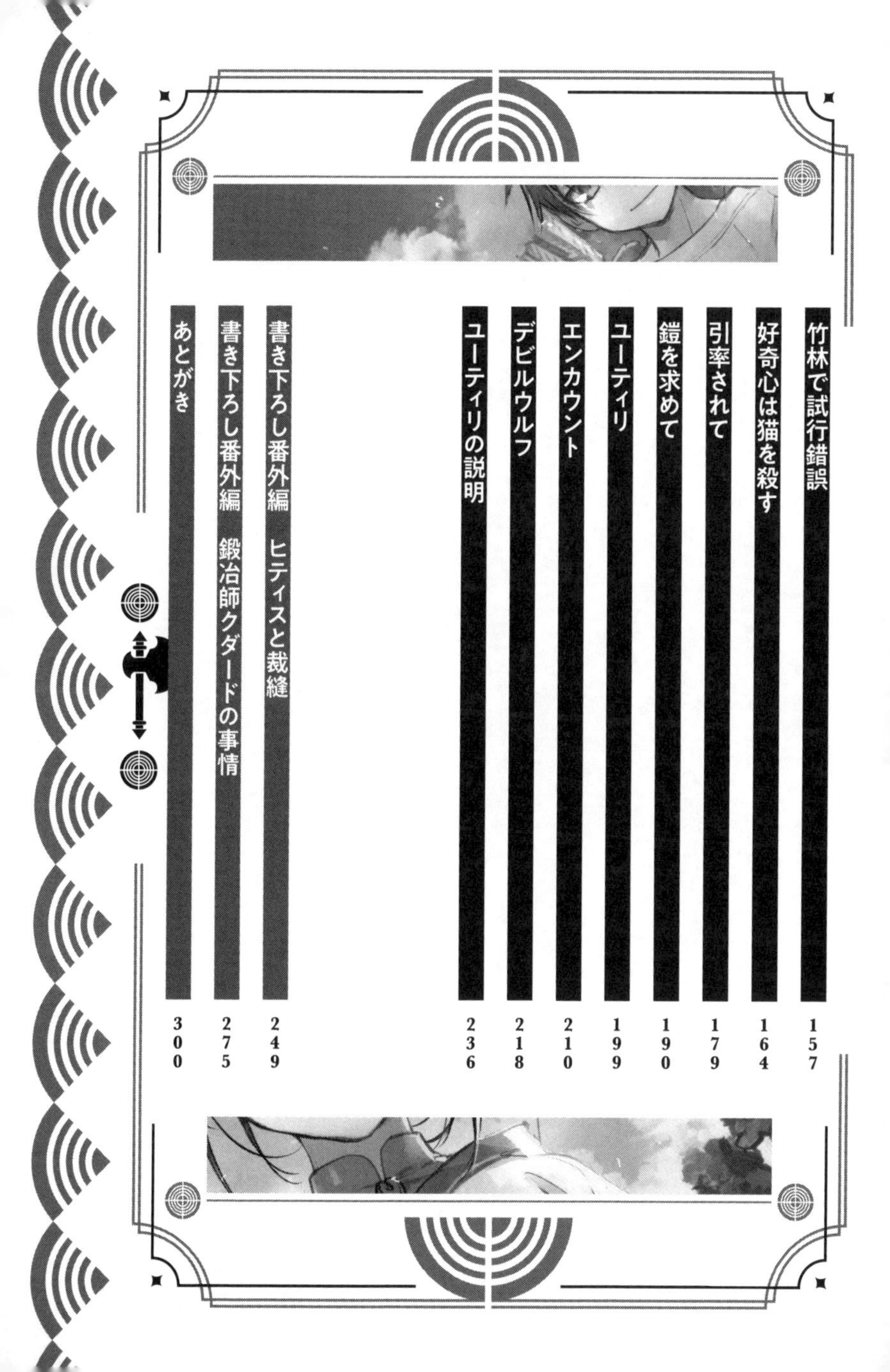

［イラスト］椋本夏夜
［デザイン］AFTERGLOW

転生者はスキルを得て、前世を思い出す

『斧スキルを習得しました。斧スキルが一になりました』

男性とも女性とも判別できない無機質で無感情な声が、頭のなかで響く。

その音が耳から聞こえてきたわけじゃないことは、なぜだか確信できる。

「スキル……まるで、げーむみたい…………ゲーム？」

口から出た未知の単語に違和感を覚えると同時に、幼い少年のような口調にも違和感を覚えてしまう。

……でも、わたしは八歳だから、この口調でも変じゃない気もする。

……八歳？

変だ……私は地元で公務員として…………公務員？

私の当たり前とわたしの当たり前が、ドロドロに溶けてグチャグチャに混ざっていく。

情報と記憶のフラッシュバック。

学校、家族、友達、ゲーム、マンガ、アニメ、高校受験、大学受験、就職、ああ、それから……

それから。

わたしの知らない、私の記憶。

明滅する意識と情景。

あるいは交錯してあふれる記憶の奔流。

辺境の開拓村で農奴の両親から生まれて、育った八年間。

ここじゃない日本という場所で過ごしてきた三十年間。

意識がグルグルと回転して安定しない。

飲みすぎた次の日の強めの二日酔いみたいだ。

わけもわからず汗が吹き出し、心臓が不安定にバクバクする。

ダメだ。

意識を維持できない。

………ああ、薄れゆく意識のなかで、ぼんやりと父に頼まれた薪割りを終わらせられないなと思い浮かぶ。


親の敷いたレールを歩み続ける人生だった。

親の言う通りに勉強をして、親の言う通りに受験して、親の言う通りに就職した。

輝くような明日への希望も、胸を張って誇れるような過去も、楽しくて充実した現在すらない。

仕事、人間関係、どれも大きなトラブルもなく、過不足のない日常を繰り返して、あまりにも刺激と変化のない毎日。

　昨日、今日、明日とで、違いを探す方が難しい。

　一日をダビングして、リピート再生しているようなもの。

　繰り返される日常で、消化試合のように日々を消費するだけの人生。

　絶望するような苦痛や苦悩で黒く染まるように、さいなまれるようなこともないけど、諦観と停滞に満ちた灰色の生があるだけだった。

　厳しい親のせいだった、なんて言葉は間違っても口にできない。

　選んだのも、決断したのも、自分だ。

　その選択を親に強制されたわけじゃない。

　冒険することを恐れて、失敗することを恐れて、人生に妥協しただけ。

　ただ、心引かれるなにかがあっても、その未知で不確定的なものに挑戦する度胸、勇気、勢い、それらが自分のなかには欠如していた。

　結果として、そこに衣食が満ち足りているだけで、どこまでも充足のない空虚な人生の完成だ。

　退屈で、つまらない三十年。

　客観的に見れば、貧困にあえぐこともなく、ブラック企業で心身を追いつめられることもなく、幸福な人生に見えたかもしれない。

　贅沢な悩みともいえる。

　ああ、確かに人生という代替不可能なものを浪費し続けたという意味でなら、かなり贅沢な前世だったかもしれない。

けど、生きているという実感は、どこまでも希薄だった。

倒れるほどじゃなくても、全力で努力や運動したことすらない。

人生の岐路に立った時も、受験先に就職先、人生で重要なことのはずなのに、精神をすり減らすように思い悩むこともなく、無難な道で妥協した。

思えば、失敗を避けるために、あたりまえのように妥協し続ける。

気づいたときには、致命的なまでに手遅れだった。

失敗が、そこまで怖かったわけじゃない。

ただ、未知やリスクに挑み決断するために、全力を出すやり方がわからなくなっていた。

無難というシナリオを消化するために、妥協という糸に支配された人形だったといえるかもしれない。

これなら短くて儚い蝉の一生のほうが、よほど劇的だろう。

それが前世の日本で過ごした私だ。

思い出したくもない灰色の記憶。

けど、それでも思い出して良かった。

前世を教訓に今回の人生では、興味を持ったことを恐れないで、全力で挑んでみよう。

ぼんやりとしたまどろみのなかで、そんなことを考えていると覚醒をうながす声が聞こえてきた。

「…………」

日本語じゃないのに、それは違和感のない聞き慣れたもの。

「ファイス、あんた大丈夫かい？」

前世の物とは比べ物にならないほど硬く粗末な作りのベッドから身を起して、すぐそばにいる見慣れた金髪で青色の目をした二十代の女性に顔を向ける。

母のトルニナだ。

なかなかの美人で、小さいことは気にしない快活な性格をして、その場を明るく照らすような笑顔をよく浮かべている。

けど、いまは笑顔じゃなくて、子供を心配する母親の表情をしている。

当然か。

突然、薪割りをしていた自分の息子が倒れたら、普通の親は心配する。

しかし、前世の記憶を思い出して母を観察すると、とても残念な気持ちになってしまう。

「なんだい人の顔をじっと見て」

母の金髪が、この年齢にしてはボサボサで、わらのようだからだ。

容姿が整っているだけに、もったいない。

まあ、長年、髪の毛の手入れをしていなければこうなるか。

多くても週一回の水浴び、それ以外は髪も体も濡らした布で拭くだけ。

お風呂にゆっくりと入るなんて習慣がない。

というか、お風呂という文化が、村どころかこの国にあるのかすら不明。

……そう、ここは日本のある世界じゃない、異世界だ。

なにしろ、リザルピオン帝国なんて国の名前を、前の人生で聞いたことがない。

それに、この世界にはゲームのようなレベル、スキル、ジョブ、魔法が存在している。

これらがなければ、地球のマイナーな国、あるいはマイナーな時代への逆行転生の可能性を疑ったかもしれない。

しかし、どうなんだろう。

現在の私の身分は農奴。

父、母ともに農奴で、生粋の農奴だ。

嬉しくもない。

神や女神に出会った記憶もないけど、農奴への転生はハードじゃないかな？

やった記憶はないけど、前世の大罪のペナルティか、なにかなのか？

そもそも、私の死因はなんだ？

過労死するほどのブラック企業につとめてはいないし、誰かを助けるためにトラックの前に飛び出した記憶もない。

あるいは、記憶がないだけで、そういう悲惨な事故の事実があったのか？

どうにもそこらへんの死ぬ前後の記憶が欠落している。

前世での死に方が酷すぎて、魂のレベルで記憶を封印でもしているのかもしれない。

「あんた、本当に大丈夫なのかい？」

「大丈夫です、問題ありません」

問題はない。

ただ、憂鬱な前世とハードそうな現状を自覚しただけだから。

……農奴か。

でも、大丈夫。

前世の農奴という言葉からイメージするほど、この村での農奴の待遇は悪くない。

明らかに農奴っぽい硬くてゴワつく色の地味な服を着ているけど、それは農奴だけじゃなくて周囲の村人も一緒だ。

だから、将来に明るい展望が抱けないほど、絶望的な立場でもない。

相手は農奴に限られるけど婚姻の自由はあるし、資産を持つことも慣例的に認められている。

もっとも、農奴の主人によっては慣例など知ったことかと、農奴が資産を持つことを許さない場合も十分にある。

仕事以外の旅、買い物、引っ越すために、村から移動することは認められていないけど、国への納税の義務がないのだ。

これはお得だろう。

まあ、確かに農奴自身には納税の義務はないけど、農奴の所有者には成人の農奴一人ごとに税金を納める義務があるから、農奴の所有者は利益を出すために、農奴に税金以上の労働を求める。

それでも、平民の税より少し安いので、同じ労働をさせるなら農奴の方がお得だ。

ただ、農奴は身分的に家畜に近い主人の資産扱いなので、天候、災害、戦争などで、どんなに不作になっても、減税や補償などの公的な救済の対象にならない。

だから、平時なら税的にお得だけど、なにかあったときにリスクがある。

農奴の生活と待遇は主人によって、かなり変わってくると思う。

運がいいことに私たち家族の主人でもある、この村の村長は農奴が資産を持つことを認めてくれていて、農業以外の過剰な労働も課さない良識のある農奴の主人としては当たりだ。

それに、農奴が平民になる方法もある。

簡単じゃないけど、挑戦する前から諦めるほど困難でもない。

「なんか変だよ。あんた、疲れてるんだよ、今日は休んでな」

「いえ、大丈夫です」

前世を思い出して気絶してから一日も経過している。

まだ、午前中で記憶を思い出した以上、子供のように無邪気に休んで時間を浪費するのはもったいない。

異世界の食事はマズい

「気分が上がらない」

薪を前に、口から自然と愚痴がこぼれてしまう。

しかし、それも仕方がない。

心配する母のトルニナの制止を振り切って、朝食を口にして昨日の薪割りの続きをするために家の裏にある場所にきている。

だけど、先程までのやる気とは裏腹に、気分は沈んでしまう。

やる気がないわけじゃない。

ただ、朝食の味が酷かった。

この開拓村で定番の主食、ゆでても硬いイモと、村に近い魔境で採取できる複数の薬草を一緒に煮込んだスープ。

これがマズい。

前世の記憶がなければ気にならないのかもしれないけど、不幸にも日本の豊かで多彩な食事を思い出してしまった。

ふっくらとした噛めばかむほど甘くなる白米やもっちりふわふわのパンと比べると、この村の主食になっているナゾイモの味は天と地ほどの差がある。

まず、この村の主食で正式名称不明のイモと呼ばれている前世の記憶にもない灰色のイモ。

見た目は灰色のジャガイモだけど、ジャガイモほどの食欲をかきたてるような香りや味がなく、煮ても焼いても硬くて、いつまでも、シャリシャリと繊維が口のなかに残る。

これだけならガマンできるけど、このイモは一緒にゆでたりすると他の食材の味をスポンジのようによく吸う。

うまみのよく出る食材なら利点だけど、そんな食材が開拓村の農奴の家にあるわけがない。

イモと一緒に、ゆでたり煮たりするのは体にいい複数の薬草。

これの味が酷い。

山菜特有の青臭さを濃縮したような苦味とえぐみに、レモンのような酸味とミントのような清涼感が、絶妙に混ざって味覚と嗅覚を蹂躙してくる。

この酷い薬草の味をイモが存分に吸うので、噛むたびに強烈な味に襲われた。

イモが硬いからよく噛むことになり、結果的に苦行は長く続く。

そんなにマズいなら、食事に薬草を入れなければいいと思いそうだけど、貧しいこの村ではそういうわけにもいかない。

なにしろ、この村では薬草料理のおかげで、野菜どころかナゾイモ以外の食材がろくにないのに、病気になる人間がほとんどいないのだ。

魔法やスキルのあるファンタジーな世界の本物の薬草なだけあって、下手なサプリメントよりも効果がある。

それに、この村で常食しているいくつかの薬草が、大都市ではそれなりの値段で取り引きされているそうだ。

なら、この薬草を売って、まともな味の野菜や調味料を買えば良さそうだけど、この村に来る行商人はそんな高値で購入したりしない。

あくまでも近場で薬草を採取できない大都市での売値は、仕入れ値に護衛や宿代などの経費を上乗せしたもの。

ここで薬草を高値で仕入れたら、売値が高くなりすぎて売れなくなってしまう。

この村でも、時間のあるときに薬草をできるだけ採取して、余剰分を行商人に売っているけど、それだけで生計を立てている人はいない。

まあ、だから、イモと薬草のスープが、魔境に近い貧しい開拓村に必要な食事だと理解はできる。

理解はできるけど、ね。

マズい。

朝食は栄養補給と割り切って、味わわずに一気に食べ切ったけど、気分は上がらない。

一応、この国にも麦があってパンもあるらしいけど、それなりに高級品。

やせた土地でも年に三回は収穫できて、連作障害もとくに起きないナゾイモと麦では、収穫できる量がまるで違う。

前世の私のように小さな不満を受け入れて、灰色の未来に向かいたくはないけど、食事に関して現状だと改善の余地がない。

食材のナゾイモと薬草以外は、月に一回くらい父親が周辺の魔境でゴブリンなどの間引きのために参加したときに、村長から褒美としてフォレストウルフの肉が提供されるくらいだ。

このフォレストウルフは近くにある魔境の少し深いところに出現する魔物で、肉に臭みがなくエビのようなほどよい弾力があり、牛肉以上に噛めば噛むほどうまみが出てきて、ろくな調味料がなくても十分に美味い。

それどころか、前世で食べたどの肉や魚よりも美味い。

できることなら、毎日食べたいくらいだ。

まあ、無理だけど。

前世のイノシシやクマのような野生動物と違って、フォレストウルフと遭遇することは難しくない。

開拓村の近くにある魔境の深くまで進めば、探し回らなくても簡単に遭遇できる。

けど、勝つのは容易じゃない。

一対一なら私の父親でも勝てる強さだけど、フォレストウルフは群れで行動する。

そして、木々を使って猿のように、こちらの頭上を移動するフォレストウルフは群れだとその危険度が上昇して、戦闘を生業(なりわい)とする傭兵や冒険者でも新米だとパーティーごとやられてしまうことがあるらしい。

しかも、速攻で倒さないと、遠吠えで援軍を呼びよせ、数の暴力で袋叩きになるそうだ。

私の父親はゴブリン数体を相手にして負けない程度には強いと思うけど、フォレストウルフの群れを安全に倒せるほどじゃない。

この村でフォレストウルフの群れを安全に倒せるのは、若いときに傭兵として活躍したらしい村長を入れても数人程度。

農奴という危うい身分を理解できるだけに、有力者の村長に子供らしく無邪気にフォレストウルフの肉をねだるわけにもいかない。

村の安全のため魔境でのゴブリンの間引きに、もっと頻繁に父親が参加すれば、フォレストウルフの肉が食べられるかもしれないけど、ゲームと違って格下のザコの一撃を不意打ちで受けて死んでしまう可能性も十分にある。

事実、ゴブリンと戦うことで、年に何人か村の住人が命を落としている。

美味しい肉のために、父親に危険な間引きにもっと参加してくれとは言えないし、言いたくはない。

寡黙で、少し気難しいところはあるけど、優しい父親だ。

家族として、私のわがままで傷ついてほしくはない。

だけど、食事の味は酷い。

油でもあれば、揚げ物にするんだけど。

山菜の苦味やえぐみも揚げればマイルドになるし、ナゾのイモも揚げればフライドポテトのようになるかもしれない。

しかし、残念なことに、油のあてはない。

一応、この世界にも油は存在しているらしいけど、麦と同じように、この開拓村ではまったく見かけることのない高級品だ。

近くの魔境で、オリーブやゴマか、それに類似するものがあればいいんだけど聞いたことがない。

「はあ」

ため息と深呼吸の混ざったような息をして、気持ちを強引に切り換えて目の前にある薪へと意識を集中させる。

手にしているのは、誕生日プレゼントとして昨日、父から贈られたもので、八歳の子供でもなんとか扱える小ぶりの赤い斧。

刃が赤いのは着色されているわけじゃなくて、前の世界には存在しなかったゴブリン銅という金属の色だ。

ゴブリン銅は、ゴブリンがまれに装備している武器の素材で、鉄よりも少し重いけど頑丈で、なにより錆びないから、ゴブリンが出現する魔境やダンジョンの近くだと鉄より身近な金属として、周辺の住民には重宝されている。

一応、このゴブリン銅は銅に似た別の金属じゃなく、銅が魔境、ダンジョン、ゴブリンなどの魔力によって変質した物だと、昔の賢者が生涯をかけて証明したらしい。

このゴブリン銅の斧は魔境に近い辺境だと鉄器よりも安いくらいだけど、地球には存在しなかったファンタジックな金属というだけで、中二的なロマンがある。

それに、素材のゴブリン銅も父がゴブリンを仕留めて、自分で用意したらしい。

金銭に余裕のない農奴の家だから、他に選択肢がなかっただけかもしれないけど、それでも嬉しかった。

そんな大切な小ぶりな赤いゴブリン銅の斧を丁寧に振り上げ、薪を狙いゆっくりと意識を没入させてから、一気に振り下ろす。

脳内で、前世の経験を参照にする。

母方の祖父母の家に行ったときに、母からこれお願いねと斧を渡されて、よく薪割りはやったものだ。

鮮明に記憶に残っているとは言えないし、前世とこの身じゃ体形も違うから十全に役立つは言えないけど参考にはなる。

「ダメか」

斧は薪に命中しているけど、薪の先端に食い込んで止まっている。

失敗の原因は、力不足で、斧の振り方が悪くて、刃を薪に対して正確に立てられていなくて、斧を振るうときの体の使い方も悪いことかな。

間違ってもゴブリン銅の斧の性能が悪いとかじゃない。

このゴブリン銅の斧は鉄の斧よりも優れているけど、常識外の魔法的な性能を有しているわけじゃない。

もっと根本的に、この年齢で薪割りは難しいと言えるかもしれない。

前世なら、児童虐待と言われそうだ。

けど、これはただのお手伝いじゃない。

意味のある行為だ。

十歳になって教会でジョブを選ぶときに、所持しているスキルやそれまでの行動によって、選べるジョブの数と種類が変わるらしい。

剣スキルを所持していれば、汎用性の高い戦士よりも剣に特化した剣士や上級職の剣聖が選択肢に出現するそうだ。

私も獲得した斧スキルなら、父親のジョブでもある斧士や、上級職の斧聖、戦闘職じゃなくて生産職なら木こりが出てくる。

小さい頃から、ジョブの補正に頼らずにスキルを習得して、伸ばせばより多くの選択肢が出てくることになる。

だから、この薪割りは両親による児童虐待じゃない。

両親も、私に大人のような薪割りの成果は期待していない。

あくまでも、私が斧に慣れて斧スキルを伸ばせればいいと思っているだけだ。

なので、結果として薪が割れなくても両親に怒られたりしない。

けど、それは敗北したような気分で嫌だ。

………私はなにに、敗北したのかな？

常識だろうか？

あるいは意地か？

この子供の体での薪割りは難しい。

難易度ベリーハードなミッションだ。

でも、不可能じゃない。

万が一の奇跡の話をしているわけでもない。

昨日、事実として、私は今日と同じ条件で薪割りを成功させて斧スキルを習得している。

昨日できたことが、今日できなくなる道理はない。

条件が整えば、この体と斧でも薪割りは可能。

「とりあえず、繰り返すか」

昨日の成功例も、何十回と繰り返した結果だ。

斧を持ち上げて、薪へと振り下ろす。

何度も、何度も、何度も、繰り返す。

大げさな大振りや意識的にコンパクトな振りもしてみて、振り下ろすモーションに修正を加える。

振るって、修正、振るって、修正、振るって、修正。

そうやって何度も繰り返すうちに、斧の振りが少しだけ良くなったような気がする。

けど、薪割りのコツをつかむ前に、体が悲鳴を上げた。

回数が五十を超えると、腕、腰、膝などの関節という関節がきしむように痛い。

両腕を中心に全身の筋肉が、痛みを通り越して、妙に熱いのに感覚がなくなっている。

呼吸は乱れて、心臓がドラムのようにうるさい。

全身がダルくて、ゴムが巻き付けられたかのように動きは鈍い。

でも、それだけだ。

体は動く。

これは意地だ。

一回でも、成功すれば早めに切り上げようと思っていたのに。

無理をしている。

不必要な無理だ。

マズいナゾイモと薬草のスープを食べても、回復しないほどの疲労かもしれない。

この疲労のせいで、病気になってしまうかもしれない。

医者のいない開拓村で農奴が病気になる。

ほとんど死亡フラグだ。

バカみたいなリスクを背負っている。

バカみたいな意地だ。

けど、ここで引きたくない。

ここで引くと、妥協と諦観で満ちた灰色の人生をここでも再演することになる。

明確な理由はないけど、それを確信できた。

だから、引けない。

成功が約束されるわけじゃない。

目指す道は灰色の農奴人生よりも悲惨な暗闇のような人生になるかもしれない。

それでも、自分の人生を傍観者のような冷めた目で観測し続けるよりは、主体的なだけましだ。

疲労、痛み、リスク、そんな思考の邪魔になるものは意識の外へ追いやる。

意識は、眼前に忌々しく存在する薪へと集中していく。

無心で赤いゴブリン銅の斧を頭上へと振り上げる。

それと同時に、全身の筋肉がピキリと悲鳴を上げて自己主張をしてきた。

痛みに引きずられ、妥協と諦観に舵を切りそうになる意識をなんとか薪へと集中させる。

けど、指先で支えたホウキのように、頭上に振り上げた斧がフラフラと安定しない。

腕の力で安定させようとするけど、斧を持ち上げて頭上で支えるだけで精一杯。

もはや、フラつく斧を安定させる余力なんてない。

そうやって、斧を振り下ろすこともできず頭上で支えていると、不思議なことに安定する一瞬があることを発見した。

さらに、意識して斧が安定する理由を探る。

「重心か」

斧の重心を自身の重心で一直線に受け止めるイメージ。

正解かどうかはわからないけど、なんとなく力を入れなくても安定する気がする。

後は、この斧を薪へと正確に振り下ろすだけだ。

少し前なら、簡単な行為だけど、疲労困憊な現状だとなかなか難しい。

だから、体の重心をずらして、斧の重心を前方に移動させて、斧の自重で薪へ向かって加速させていく。

腕の力で斧をさらに加速させたいけど、その力が残っていない。

理由はないけど、直感的に斧を、体の重心を落とすことで引っ張ってみた。

イメージとして、上から垂れ下がったロープにぶら下がろうとする動きに近い。

ゴブリン銅の斧がするりと滑らかに加速する。

眼前にゲームのエフェクトのような赤く鮮やかな軌跡を幻視した。

「………割れた」

斧は薪に刺さらず、二つにした。

手ごたえが軽い。

あれほど頑迷に割れることを抵抗し続けた薪が、まるで割れるべくして割れたかのようにあっさりと割れた。

意味がわからない。

成功の喜びよりも、現実感が希薄で狐につままれたような気分だ。

これを白昼夢の幻にしないために、もう一度、再現せねばと、衝動に突き動かされる。

熱を帯びて動くことをサボタージュしようとする体を強引に動かして、新しい薪を用意して斧を構えた。

斧を持ち上げるのは困難だったけど、頭上まで持ち上がれば少ない労力で斧を支えられる。

斧の重心を体の重心で捉えて支えるイメージ。

先程の光景と体の使い方と重心の動きを思い起こす。

何度も、何度も、何度も、脳裏でイメージを再生させて、予測を先鋭化させて、一つのモーションへと収束させていく。

呼吸を整え、脱力。

筋力じゃなく体の重心移動で、斧を振るい加速させる。

「成功した」

ゴブリン銅の斧はより少ない抵抗で、薪を割った。

『斧スキルが上がりました。斧スキルが二になりました』

脳裏に響く無機質な斧スキルが成長したというアナウンス。

「ハハハハハハハハハ」

止まることなく、バカみたいに笑い声が口から出続ける。

快感と満足感が、口で笑い声に変換されて出てくるよう。

全力で努力したことで、なにかを達成できるということは、これほど満たされて充実感を得られるのかと驚愕した。

目から鱗が落ちたような気分だ。

努力して、目標を達成したら嬉しいという、少し考えればわかる当たり前のことなのに、私は失念していたようだ。

だから、不意打ちで味わってしまって感情の制御が上手くいかない。

前世じゃ、受験などでそこそこの努力はしても、倒れる寸前まで体を酷使するような努力をしたことがないから、合格などの結果を受けて安心はしても、達成できたと喜びはあまりなかった。

だから、不思議だ。

灰色なんてどこにもない。

それどころか無理をした疲労で全身がクタクタで、関節と筋肉が抑揚のある激痛の演奏をしてい

るのに、やり切って達成できた充足感と歓喜の心地よい音色で満たされている。

どうしよう、クセになりそう。

可能なら、すぐにでもバカみたいに薪割りを再開させたいくらいだ。

とりあえず、今回の人生じゃ手元に斧があれば灰色と無縁でいられそう。

そうやって、地面に倒れて笑っていたら、様子を見にきた母に不審がられて、柄に血の付いたゴブリン銅の斧を発見されて青い顔で殴られ、長々と説教された。

まあ、前日に倒れた子供が、手を血塗れにして笑いながら倒れていたら、母親としては生きた心地がしないかな。

でも、言い訳させてもらうなら、手の血に関しては母に指摘されるまで、痛みがないから血が出ているなんて自分で気づかなかった。

確かに、手が少ししびれて熱を持っているような気がしたけど、疲労による筋肉痛の症状だと思っていた。

アドレナリンが過剰に分泌されていたのかもしれない。

スキルの使い方

「よし、やるか」

今日も私は赤いゴブリン銅の斧を手に薪の前にいる。

母のトルニナには、止めるように言われたけど、この短期間でスキルを習得できて成長できたのなら、やらせた方がいいと父のスクースが援護してくれた。

それでも母はいい顔をしなかったけど、無理はしないと約束して納得してくれた。

私としても、昨日のように斧を振るいすぎて皮が破れて、手を血塗れにするような無理をするつもりはない。

まだ、体中の疲労も抜けきっていないから、なおさら無理はできない。

激マズのイモと薬草のスープの力で、手の傷は大半が塞がっていて、残っているのは軽い筋肉痛と倦怠感だけど、完治はしていないから、昨日ほどの無茶はしないほうがいいだろう。

しかし、私が前世を思い出して、周囲は薪割に執着することに多少の違和感を覚えても、別人のようになったとは思っていないようだ。

知識と語彙が増えただけで、もともと子供に似合わない丁寧な言葉遣いだったからかもしれない。

もしかしたら、記憶はなかったけど、以前から前世の存在が影響を与えていた可能性も考えられる。

ともあれ、今日は斧スキルを上げるんじゃなくて、メインは別のこと。

斧をなかなか上手く扱えなかったという私の愚痴に、ジョブが斧士で斧スキルを習得している父がしてくれたアドバイス。

スキルを使えとのこと。

これだけだと意味不明だけど、父の説明を聞いて納得した。

斧などのスキルは習得したら、即座に自動で反映されるパッシブスキルじゃなくて、スキルを意識的に使おうと思わないと効果を発しないアクティブスキルのようだ。

だから、今日は斧スキルの力を試してみたい。

「…………どうすればいいんだ？」

さっそく、困ってしまった。

斧スキルの使い方がわからない。

スキルを習得すると同時に、使い方を自動で自覚できればいいんだけど、そういう便利なシステムにはなっていないようだ。

私は斧スキルを習得しているけど、使ったことがない。

というよりも、斧スキルどころか、スキルそのものを使ったことがない。

まあ、そもそも斧以外のスキルは習得していないけど。

思えば昨日の薪割りは斧スキルを成長させようと試行錯誤していたのに、その斧スキルを使っていなかったという事実。

前世を思い出したから、常識とかも前世に引きずられて斧スキルを習得したのに、斧スキルを使うというこの世界での常識を忘却していたらしい。

なんとも、情けない話だ。

前世の日本じゃ当然、スキルという不思議システムは存在しなかったから参考にならないし、ゲームのようにクリック一つでスキルが発動すればいいんだけど、残念ながら押すべきボタンが見当たらない。

「スキル、スキル、斧スキル」

とりあえず念仏のように口にしてみるけど、とくに変化はない。

数分間ぐらい、続けてみるけど、効果なし。

そのまま続けても変化はなさそうなので、実際に斧を振るってみる。

スキルを使えと言った父も、とくに使い方の詳細を説明しなかったから、スキルを使うのに複雑で難解な手順があるとは思えない。

うちの父は、寡黙で甘くはないけど、無闇に厳しいタイプじゃないから、本当は難しいのに苦労してスキルを自力で発動させてみせろと、試練を課すタイプじゃないと思う。

だから、スキルの発動は少し試行錯誤すれば可能なもので、難しくはないはずだ。

斧スキルと口にして、斧スキルを強く意識しながら、ゴブリン銅の斧を薪へと振るう。

心のなかで、軽く舌打ちをした。

斧スキルのことに集中しすぎて、自分と斧の重心へ意識を十分に集中させていなかったから、雑な重心移動で薪割りが失敗すると警戒したからだ。

だけど、体はなにかに導かれるようにヌルりと滑らかに淀みなく動き、ゴブリン銅の斧を軽々と制御して薪を割る。

「……これがスキル？」

スキルの発動は自覚できた。

斧スキルによる斧を振るう的確な動きの補正。

それに、振り下ろした斧の威力が上がっている気がする。

多分、関節や筋肉など、斧を振るったときの体への負担も減っていると思う。

「………うーん」

凄い。

凄いけど、なんだかモヤっとする。

昨日の自分よりも、斧を振るうモーションに無駄がなくなって、薪も綺麗に割れていた。

暗に、昨日の自分の努力が徒労だったと告げられているような気がする。

昨日の努力で、斧スキルは成長したから、無駄じゃない。

無駄じゃないけど、遠回りはしたかもしれない。

「……はぁ」

小さくため息をしてから、薪割りを続ける。

もう少しだけ、スキルの力を確かめたい。

それに上手くすれば今日も斧スキルが成長するかもしれない。

それから、母に呼ばれるまで、ひたすらゴブリン銅の斧を振るって薪割りを続けたけど、残念ながら斧スキルは成長しなかった。

それなのに、母からは昨日の今日で無茶をするなと、しっかりと怒られてしまった。

薪の前に立ち、ゴブリン銅製の赤い斧を振るおうとしたら、茶色い髪を少年のように短くしている容姿の整った、明るい雰囲気の快活な少女に声をかけられた。

「ファイス、遊ぼうぜ」

少女の名前はアプロア。

この村の村長の次女で、私の数少ない友人でもある。

当然だけど、彼女は村長の娘だから農奴じゃなくて、平民だ。

前世を思い出す前の私は、そのことをあまり気にしていなかったけど、身分とかの重要性がわかると、アプロアの凄さを再認識させられる。

アプロアの後ろには、いつも一緒に遊んでいた異世界らしい緑色の髪をした鋭い目つきの小柄な少年シャードと、黒い髪をおかっぱにした無口で同世代と比べて身長と体格が見事な少年エピティスがいた。

私、シャード、エピティスの三人は物静かで、時々平民の少年グループにからかわれたりしていた。

そんなときだ、アプロアが私たちと一緒に遊ぶようになったのは。

……ああ、今更だけど、助けられていたんだ、アプロアに。

考えてやっていたかはわからないけど、村一番の有力者の娘が近くにいたら、農奴相手でも平民の少年たちはからかえない。

まったく、それなのに私は、アプロアが一緒に遊ぶようになったときに少しだけ迷惑に思ってしまっていた。

なにしろ、彼女は見た目や口調を体現するように、家のなかで静かにするよりも外で元気に走り回ることを好んだ。

子供特有の適応力なのか、数日で慣れたけど、アプロアと初めて遊んだ日は家に帰った時に疲労が酷かった。

二度と一緒に遊びたくないと思ってしまったものだ。

もっとも、村長の娘で容姿の整っているアプロアが、私たちと仲良くしていることを、嫉妬して絡んでくる奴がいないでもない。

それよりも、そんなアプロアに遊びの誘いを受けている。

正直、前世を思い出す前なら、孤独に一人でもくもくと薪割するよりも三人と遊ぶことを優先していた。

ただ、友達と駆け回るだけのことを楽しめるのは、無邪気な子供の特権かもしれない。

前世の知識と経験によって、あったはずの童心は塗り潰されてしまったようだ。

だから、今は薪割を優先したい。

少しだけ心苦しいけど、

「斧スキルのために薪割に集中したいんだ」

正直に言った。

意味不明だとあきれられるか、怒られると覚悟したけど、

「うーん、そっか、がんばれよ。でも、あんま無理すんなよ」

アプロアに笑顔で応援されてしまった。

なぜだろう。

「……がんばれ」

シャードがこちらを見すえてそれだけ言った。

エピティスは私の肩を静かに叩いてうなずく。

なぜだろう、友人たちの反応が理解できない。

手を振って笑顔で去っていく三人の友人たち。

理由はわからないけど、応援してれているんだから、私もがんばろう。

気持ちを切り換えて、薪に向き直る。

けど、

「なにが悪い？」

私は困っている。

斧スキルを成長させることは、簡単じゃなかった。

斧スキルを発動させてから三日間、毎日、斧スキルを習得して成長させた日と同じくらいゴブリン銅の斧を薪に向かって振るっているのに、斧スキルがまったく成長しない。

それなのに、母からはもう無理はするなと怒られ続けている。

これだと、怒られ損になってしまう。

一応、父に斧スキルが成長しないと相談したんだけど、『スキルは毎日成長するものじゃない、この前成長したのはただの偶然だ』と頭をなでながら慰められた。

父の言っていることは嘘じゃない。

この世界でスキルはメインに使っているものが、一年に一つ成長するかどうかというレベルのものというのが常識になっている。

だから、人によってはスキルが生涯一桁ということも珍しくない。

スキルが簡単に成長しないものという父たちの経験則による常識を否定するつもりはないけど、同時に絶対の法則というわけでもないと思っている。

現に私は斧スキルを習得して、すぐに斧スキルを成長させることができた。

偶然？

あの努力を偶然と言われるのは嫌だけど、仮にあの成長が偶然でも、偶然なりに成長した理屈があるはずだ。

斧スキルが成長したときと、成長しなかった三日間の違いはなにか？

「…………斧スキル？」

違いがあるとすればこれくらいか。

斧スキルを使用しているから、斧スキルが成長しない。

そんなことがありえるだろうか？

スキルを使用するとスキルが成長しないなんて、ゲームだったら不条理すぎて絶対にありえない。

しかし、ここはゲームじゃないから、絶対にありえないとも言えないかな。

ここで首を傾げて悩んでいても、解決することじゃない。

とりあえず、斧スキルを使わないで、薪割りをしてみよう。

数日やっても、結果が出なければ方針転換をすればいい。

「……難しい」

目の前には、割れていない薪がある。

斧スキルをオフにして、スキルによる斧を振るう動作への補正がなくなっただけなのに、使い慣れたはずのゴブリン銅の斧が以前よりも重いと感じて上手く扱えない。

なんとか薪に命中するけど、速さも威力も低すぎた。

だから、スキルの補正なしで、斧を振るうのが難しいと感じる。

それに、スキルを意識することなく、滑らかにオンにすることに慣れてしまったので、オフにするのが難しい。

意識的にスキルを使わないと思っていないと、無意識のうちにスキルを使ってしまいそうになる。

それだけスキルを使うということに習熟したのかもしれないけど、現状だとそれが仇でしかない。

スキルを使わないと強く意識すればスキルをオフにできるけど、それだと斧を振るうことに集中できない。

……これは、あれだ。

マニュアルの免許を持っているけど、普段はオートマの自動車を運転していて、久しぶりにマニュアルの自動車の運転に戸惑って苦慮するような感じだ。

どうにも斧を振るう動きが雑になっている気がする。

進歩がないどころか、退化だ。

いつの間にか、心の奥がゆらゆらと揺れている。

灰色の足音が、ヒタヒタと幻聴のように響く。

心の中で焦燥の風が吹いている。

まだ、ささやかなそよ風でしかない。

けど、心の根幹をへし折るような強風に成長するであろう未来を幻視してしまう。

一度、目を閉じて、深呼吸をして、気持ちを切り換える。

邪魔な雑念は、聞こえないし、見えないと思い込む。

不安から逃げて恐怖を振り切るように、目の前の薪と手にするゴブリン銅の斧に意識を集中する。

振るう。

斧と体、双方の重心の把握が甘い。

振るって、振るって、振るう。

斧が段々と手に馴染んできた気がする。

重心は把握できるようになってきたけど、斧と体、双方の重心を滑らかに移動させて、一つの振るう動きへと収束させることができていない。

さらに、振るって、考えて、振るって、考えて、振るう。

斧を手の延長だと思い込む。

重心移動はよくなったけど、動きの途中で斧スキルがオンになりそうになった。

疲労が熱と倦怠感を引き起こして全身を包み込む。

深く静かに呼吸して、体内に溜まった熱を吐き出し、涼しい外気を取り込んで体が冷えるとイメージする。

さらに、深く斧を体の一部だと強く意識する。

スキルを切っても以前と同等の動きにはなっていると思う。

「でも、このままだとダメだ」

明確な理屈はないけど、このまま単純に斧を振るい続けてもスキルは成長しない気がする。

根拠として弱いかもしれないけど、斧スキルをオンにして斧を振るったときのほうが、威力や速さなど総合的に断然上。

最低でも、斧スキルによる一撃を超えないと、斧スキルは成長しないと思う。

「……あえて、斧スキルを全開にして振るった一撃を参考にしてみるか？」

脱力。

斧スキルを意識的に起動させ、現状で出せる究極の動きをイメージ。

何度も脳裏に、斧の軌道を思い描き、体の動かし方を確認する。

スキルの誘導と補正に従い斧を無心で振るう。

「…………最悪だ」

惨憺(さんたん)たる気分。

確かに、威力や速さは出なくていいから、完成度の高いモーションを望んだけど、こうなるとは思わなかった。

違い過ぎる。

なにが、と言われれば、全てが。

さっきまで、やっていた斧を振るう動きの未熟さ、拙さを見せつけられた。

余分がなくて、余剰がなくて、無駄がなくて、あまりにも滑らかで、薪を割るために斧を振るっただけなのに、美しいとすら感じてしまう。

これに比べてしまうと、私の薪割りはあまりにも拙い。

動きの一つ一つが、遅いし精度も甘い。

重心移動や体の動作が、上手くかみ合っていない。

せっかく発生させたエネルギーをあまりにもロスしている。

こんな薪割りはあまりにも醜くて、嫌悪感すら覚えてしまう。

ねっとりとした灰色のそよ風に、心の幹をなでられたような気がする。

でも、大丈夫。

これで私の心が折れたりしない。

現状、斧の振りを自己採点するなら赤点。

けど、絶望する必要なんてない。

だって、知ったから。

この体でもあれだけの芸術のようなモーションが可能だと。

到達すべき地点が見えたなら、少しずつ積み重ねるように、丁寧に歩みを進めていくだけ。

そうしていれば、失敗やリスクを恐れて妥協を選んで、いつの間にか全力の出し方を忘れることもないだろう。

毎日、斧を振るうという同じような日常を繰り返しても、前世と違ってそれを諦観に包まれた灰色の妥協とは思わない。

他人には、たかが斧を振るうことになぜ本気になっているのかと言われるかもしれない。

確かに、斧じゃなくてもよかったのかもしれない。

けど、私は斧で妥協することなく、全力を出し切って成功して成長する喜びを知った。

仮定した究極の斧の到達点は、竜を、城を、大陸すら一撃でと妄想してみるけど、なにを対象に振るべきものなのかもわからない。

もしかしたら、私の妄想の産物で、そんなものないのかもしれない。

でも、少なくとも、人生のなかばで斧を極めてしまったと自惚れないですむていどの高みはありそうだ。

到達点が高すぎて、そこを直接見上げたら絶望しそうだけど、大丈夫。

階段を一つ上がるように、斧スキルを成長させる目標となる斧を振るう動きは、斧スキルが見せてくれた。

だから、大丈夫、今は目標に向かって進むために、斧を薪に振り下ろす。

薪を求めて

「ファイス、無理すんなよ」

アプロアからの遊びの誘いかと思ったら、こんなことを言われてしまった。

後ろにいるシャードとエピティスも、どこか心配しているようだ。

誰を？

………私を？

遊びの誘いを断っていたから、そのことを非難されることはあっても、私に三人から心配される
ようなことなんて………なくもないかな。

客観的に考えれば、それまで一緒に遊んでいた友人が、ある日を境に遊びの誘いを断って、一心
不乱に斧を振るって薪割をし続ける構図だ。

軽くホラーだ。

あるいは狂気の沙汰だろうか。

………うん、つまり私は、どうにも三人から正気を疑われ、心配されているようだ。

「ご心配をおかけしました。でも、私は大丈夫です」

「大丈夫って、でも……」

「今は斧スキルのために頑張りたいんです」

「……わかった。でも、ホントに無理はすんなよ、わかったか」

アプロアとしては納得していないけど、しぶしぶ私の考えを尊重してくれたということだろうか。

「はい」

前世の成人した記憶のある身としては、八歳の少年少女に身を案じられることに苦笑しそうになる。

少し不満そうな表情のアプロアと、どこか納得したようなシャードとエピティスを見送ってから薪割を再開する。

『斧スキルが上がりました。斧スキルが三になりました』

感情を感じさせない無機質な声。

だけど、私にとってはなにものにも勝る待望の声だ。

結局、この声を聞くまでに、一か月もかかってしまった。

当初の予定だと数日で成果が出なければ方針を転換するつもりだったけど、途中から自分が楽しくなってきて薪割りを止められなかった。

でも、後悔はない。

それに、斧スキルが成長したから、この方針は間違いじゃなかった。

最初の一回は、斧スキルによる補正を全開にして、脳裏と体に焼き付いたモーションの残滓と残響を頼りに自力での再現を試みる。

そんなことを愚直に繰り返して、斧スキルの成長へとたどり着く。

試行錯誤をしながら斧を振るい一歩一歩と完成形へと目指して近づいていくのは、困難でありながら、日々のモーションの精度向上などの成長が実感できるから充実していた。

ほんの少しだけ、自身を満たす達成感と、爆発するような歓喜に浸る。

バカみたいに声を上げて、走り回って、全身で増大する感情を処理したいけど、残念ながら体は今日の薪割りで酷使されて、立っていることすら辛い。

そこら辺に、倒れて横になりたいけど、そうしたら自力で起き上がれなくなる自信がある。

眠ってしまうかもしれない。

そんなことになったら、世にも恐ろしいことになってしまう。

………母のトルニナに怒られる。

怒られると言っても、説教やゲンコツとかじゃなくて………薬草だ。

どうにも母は、私への説教の効果が低いと考えたようで、さらなる私への罰として恐ろしいことを思いついた。

最近の食事の様子から、食材として出される薬草を私が苦手としていることに、気がついてしまったようで、日々の食事に出す薬草の量を増やしてきたのだ。

この暴挙を周囲に伝えようにも、食事に出される薬草の量が多くなるのは、辺境のこの村ではいいことであって咎められることじゃない。

逆に、母は愛情深いと評価が上がるかもしれない。

それでも騒げば、私はただの親不孝者と見られてしまう。

村八分になってしまうかもしれない。

前世を思い出してから、それなりにたつけど薬草になれることができない。

まあ、薬草の疲労回復とかの効果は実感して素直に凄いと思うけど、味覚的にあれを許容できるかは別だ。

だから、母の逆鱗に触れるのを避けるためにも、倒れない程度に余力は残しておく。

薪割りは、あと一回だけ。

成長した斧スキルの力を確認する。

ゆっくりと薪をセット。

すっかり手になじんだ赤いゴブリン銅の斧を振り上げ、頭上で一度停止する。

疲労や雑念を吐き出すように、深く呼吸。

数度、呼吸を繰り返すごとに、薪へ斧を振り下ろすことのみに意識を没入していく。

呼吸を繰り返すうちに、雑音を切り捨てることで鳥や虫の声もやがて遠くなり、周囲は仮初の無音になる。

夕暮れの深く赤い光も、疲労で熱を持った全身を優しくなでて冷やしてくれるそよ風も意識の外。

大きく息を吐いて、止める。

体に染みついて最適化されたモーション、それを成長した斧スキルでさらに強化。

「……クソが」

自然と口から悪態が零れた。

それでも、声が嬉しそうで笑顔を浮かべていることを自覚できる。

だって、仕方がない。

嬉しいんだから。

薪は割れている。

とても綺麗に割ることができた。

そんなことはわかっていたこと。

けど、予想外のこともあった。

不安があった。

もしも、自力で斧スキルの見せるモーションを再現できてしまったら、その先の境地がないかもしれないと。

スキルとしての成長はあっても、動きの最適化はこれ以上できないかもしれない。

目標が色あせて見えて、先には灰色の境地しかなくて、背後から迫ってくる灰色にまとわりつかれるかもしれないと心配だった。

でも、実際は杞憂でしかなかった。

成長した斧スキルが見せたものは、さらなる先の境地。

極めたかもしれないと不安になる私の慢心を嘲笑うように、見せつけられた。

一つ一つの動作をより速く、より高い精度で行われた薪割りという動作。

とても単純で、とても複雑。

斧を振るい、薪を割る。

斧スキルが成長する前からできていたことだけど、違う。

前までは薪を割るのに多くの力を必要として、割れた薪の切りあとも醜かった。

でも、さっき体感した薪割は、より少ない力で、体にかかる負荷もより少なく、割れた薪の切りあとも滑らかで綺麗だった。

他人にとっては、比べる必要も感じないほどのささいな違いかもしれない。

けど、私にはそのささいな違いが重要で、嬉しかったのだ。

完璧に思えた自分の動作が、どんなに拙くて未熟かわからされた。

だから、凄く悔しいけど、凄く嬉しい。

まだ、私はさらなる境地を目指せる。


「…………どうしたものか」

私は困っている。

とても困っている。

昨日、一か月ぶりに斧スキルが成長したから、さらに斧スキルを成長させるためにも、斧を振るって薪割りをしたいのに、肝心の薪がない。

一つもない。

冗談でも、比喩でもなく、割るべき薪が一つもない。

………まあ、原因はわかっている。

というか、当たり前のことで、私が斧スキルを成長させるためにと薪を割りすぎただけ。

レベル、ジョブ、体格、スキルの全てが父に比べて劣っているから、子供の私の薪割りは遅い。

それでも毎日、欠かさずあれだけ長時間、薪を割っていれば、この家にストックされていた割る必要のある薪がなくなるのは当然のこと。

現状だと物理的に割るべき薪がないので、薪割りをすることができない。

もっというなら、近所の農奴の家にも割るべき薪がない。

斧スキル成長のために、自分の家に割り当てられた薪は早々に割りつくしたから、近所に住む複数の農奴の家の薪を、お手伝いということで割らせてもらった。

だから、この一か月で、近所にストックされている薪も割ってしまっている。

最近、近所の住人から、珍獣でも見るような目を向けられているような気もするけど、多分、気のせい。

まあ、近所の住人が私に奇異の目を向けるのも理解できないわけじゃない。

少し意外なことに、この世界でスキルを成長させようとするのは悪いことじゃないけど、同時に一日中薪割りをして倒れるまで頑張って成長させるものでもない。

将来のジョブのために、スキルを習得して成長させたほうがいいけど、日々の生活や親の仕事の手伝いや遊びのなかで、それができればいいかな、という感じだ。

幼少期から死に物狂いで、スキルを習得して成長させようとする人もいるけど、それは少数の武芸に特化した貴族などの高貴な家柄や魔法とかが使える特殊な家柄だけ。

大半の平民はそんなことをしない。

特に、私みたいな農奴の子供がそれをやると周囲から奇異に見えるみたいだ。

前世で言えば、八歳の子供が自発的に一日中勉強をしたり、体力づくりだと言って一日中走り続けたら、周囲から少し変な子に思われる感じかな。

まあ、私は周囲の視線を気にしないけど。

前世でも他人から、どう見られるかをあまり考えなかった。

周囲との軋轢を生まないために、礼儀やマナーを守り、ＴＰＯに準じた服装はするけど、周囲の視線に関心がなかったといえる。

これで両親の近所での肩身が狭かったら、今後の行動をどうするか考えるけど、特に気にしていないみたいだ。

母は無理をするなと、別の意味で気にしている。

父は仕事場や近所の集まりで、私が斧スキルを成長させる天才だと親バカ感丸出しで自慢しているそうだ。

………恥ずかしいので、止めてほしい。

私は天才なんて特別じゃなくて、前世を思い出して、斧スキルを成長させることが楽しくなっているだけだ。

頭が変だと思われるから、両親にそんなことは言えない。

それは、ともかく薪がない。

だからといって、周辺の木を適当に伐採して薪にすることもできない。

能力的に周辺に自生している木を伐採することが難しいというよりも、この村のルールとして禁止されている。

基本的に、周辺の森とかで自生している木や果物などの自然の恵みは、村長の物。

この村の住人だからといって、勝手に伐採したり採取したら、罰せられる。

まあ、正確には、村長の物じゃなくて、ここら辺の領主である子爵から、村長が周辺の管理を任されているから村長に裁量権があるらしい。

なら、村長に一声かければ、木を伐採していいかというと、そうでもない。

村長が周辺の環境を破壊しすぎないように、年にどれぐらい木を伐採するかは決めている。

だから、私が斧スキルを成長させたいからといって、周辺の木の伐採を認められるとは思えない。

これが暖を取るための薪が枯渇しているとかの理由があれば、ここの村長は村人の生活に理解があるから認めてくれたと思う。

けど、スキルを成長させたいという個人的な理由だと無理かな。

だけど、実のところ、村長の許可がなくても自由に伐採していい木が近場に存在している。

この村の近くにある魔境だ。

魔境に存在している木を伐採することを禁止する決まりはない。

だから、私が魔境に存在する木をすべて伐採しても大丈夫。

そんな自由に伐採していい木があるのに、この村では魔境の木を伐採しないで、魔境以外のエリアの木を伐採して薪にするのかと、疑問に思いそうだけど理由がある。

まず、魔境の木を伐採していないかと言うと、答えはノーだ。

この村でも、魔境の木を伐採して、それを子爵や国に税として納めたり、行商人に売ったりして資金を得ている。

それに、私の父も畑での仕事以外に魔境で木を伐採する仕事を村長から、任されているうちの一人だ。

ただ、魔境の木ならどれでもいいわけじゃなくて、魔樫（まかし）という魔境の少し深いところで自生している木を伐採している。

というよりも、近くの魔境に自生している魔樫以外の木は、あまり価値を認められていない。

これには子供の私でも知っている理由がある。

魔境の木は総じて伐採しにくい。

そもそも硬いし、斧で深く切っても、一日で切り倒さないと切り口を自己修復してしまうほど、生命力が強い。

冗談でも、比喩でもなく木を深く切っているのに、一日放置してしまうと切り口がなくなってしまう。

そんな木が普通に自生している。

そして、苦労して伐採しても、大半の木が無駄に硬くて、重い。

それなのに、割れやすくて加工しにくかったりして、日用品や建築材に向いていない。

燃料として見ても中途半端に燃えにくいし、絶対に燃えないわけじゃないから、防火素材としても使えない。

炭に加工するのも手間で、普通の木材よりもはるかに長い時間を必要とする。

それで、完成した炭は、普通の炭程度の価値。

この近くの魔境の木材で、有用なのは魔樫くらいだ。

魔樫は槍などの柄や魔法使いの杖、高級な建築材として重宝されているし、魔法にある程度の耐性があるらしいので、城とかの城門などにも使われているらしい。

それに、魔樫は見た目が黒檀(こくたん)のように美しいので、高級な木製の家具に加工されることもあるそうだ。

だから、ここの近くの魔境で苦労して伐採する労力に見合うのは魔樫だけ。

でも、ある意味で私にとっては都合がいい。

なにしろ、薪にも木材にも使えないけど、斧スキルの訓練としては十分に価値がある……と思う。

実際に、魔境で木を伐採したことがないから、確実に斧スキルの成長に有用だと断言できない。

それに、魔境の木なら伐採してから一か月後、そこには新しい木が生えているだろうから、万が一にも私が木を伐採しすぎて、草木の生えない荒れ地に変えてしまう心配もない。

こういった地球の常識外の事実を知ると、ここが地球じゃないんだって強く自覚する。

ついでに言えば、魔境に出現する魔物たちを狩りつくして、その地域から魔物を絶滅させることは難しい。

だから、気合を入れて魔物を狩っても、ゲームでモンスターがリポップするかのように、一定以下の数にはならないという。

魔境の魔物は、普通の動物のように繁殖してるわけじゃないようで、人間が感知できない領域やタイミングで、魔境によって魔物は補充されるのかもしれないと想像している。

一定数以下にならないなら、父が定期的に参加しているゴブリンの間引きも意味がなさそうだけど、そうでもない。

狩りまくっても一定以下にはならないけど、魔物の数を一定までは減らせる。

逆に、狩らないで放置していると、イナゴのように爆発的に増えて周囲に壊滅的な被害が出てしまうことが時々ある。

魔境に近い辺境の開拓村が壊滅する理由のうちの一つが、魔境で魔物の間引きを怠ったことで、魔物の津波にのまれるというものがある。

まあ、一定数以下まで減らして、さらにいくつかの条件を満たせば魔物の出現しにくい普通の領域にして、魔境から解放できるらしい。

もっとも、国か大貴族レベルじゃないと難しいらしいので、普通の辺境の村が単独じゃ不可能だと言える。

そんな地球の常識外な魔境に行ければ、魔境に自生する木を相手に私の斧スキルを成長させるための訓練ができるだろう。

……まあ、行ければね。

物理的には可能だ。

この近くの魔境は私のような子供の足でも、すぐにたどり着ける。

でも、村のルールで、ジョブのない子供が単独で魔境に行くことを許していない。

魔境の浅い場所なら、ゴブリンとかの危険な魔物をあまり見かけないらしいけど、絶対に出会わないわけじゃない。

魔物はテリトリーのようなものを持っているから、自分のテリトリーからあまり出てこないけど、ゲームのモンスターと違ってプログラムによって強制されていないから、魔境の浅い場所でも魔物と出会う可能性は低いけどある。

前世でも、自然豊かな森に、十歳未満の子供だけで行こうとしたら、危険だからと止める。

この世界の魔境は、比較的安全な浅い場所でも、前世の森よりもよほど危険だ。

私にとっては魔境へ行くことを邪魔するルールだけど、普通に考えて子供だけでそんな場所へ行くことに制限をかけるのは当然かな。

なら、ジョブのない子供が魔境に行く方法がないかといえば、そんなことはない。

ジョブを得る前の子供が、魔境へ行く方法はいくつかある。

一つには、ジョブを得ている大人に引率してもらう。

ちなみに、私は父や母に連れられて、魔境の浅い場所で薬草の採取を手伝ったことがある。

しかし、この方法は現実的じゃない。

魔樫の伐採やナゾイモ畑の管理に家事などの仕事を早めに終わらせた両親が、薬草採取に行くために私を連れていくことはある。

けど、私が斧スキルを成長させたいからといって、両親を一日中拘束するわけにいかない。

当たり前だけど、両親は農奴なのでそれぞれ村長から任されている仕事というものがあるから、私の斧スキル成長のために仕事を休むことはできない。

父の仕事は主に、畑でのナゾイモ採取と魔境で魔樫を伐採することだから、魔樫を伐採するときに一緒についていけば魔境に行けそうだけど、これもダメ。

ジョブを得ている大人が引率してくれても、子供が入れるのは魔境の浅い場所。

魔樫の自生しているゴブリンのような魔物と普通に出会う危険な魔境の深い場所に、子供を連れていけない。

向上心のある農奴の子供に付き合って、一日中魔境ですごしてくれるヒマな大人でもいればいいんだけど、色々と余裕の少ない辺境の開拓村にそんな余剰人員はいない。

でも、子供が魔境に行く方法はこれだけじゃない。

一応、子供だけでも、全員が戦闘用のスキルを持っていて、三人以上なら許されている。

もっとも、村としては、許しているけど推奨しているわけじゃない。

普通の大人の感覚として、魔物と出会う危険な魔境に子供だけで行かせたくないのは当たり前のこと。

だけど、近場に危険な場所があれば、度胸試しとかの秘密の遊び場にするのが、子供だ。

なので、禁止して無謀なことをされるよりも、最低限のルールを作って守らせるという方法を選んだらしい。

こういうルールは、この村のルールなので、別の魔境に近い村だとルールが違うのかもしれない。

幸い、私には戦闘用のスキルを持っている友人の当てがある。

というか、私は実のところ友人たちのなかで、スキルを得るのが一番遅かった。

まあ、アプロア、シャード、エピティスの三人なんだけど。

三人誘って魔境の浅い場所に行こうかと考えている。

懸念があるとすれば、斧スキル成長のために、アプロアたちからの遊びの誘いを断りまくってたから、断られる可能性がないともいえない。

……普通に考えて、個人的な理由で何回も遊びの誘いに応じなければ、大人でも関係が険悪になる。

果たして、幼い子供が私のわがままに理解を示してくれるだろうか？

……難しいかな。

前世から継承した奥義、土下座を披露したら許してくれないだろうか。

友人たち

「よし、魔境へ突撃だ」

そう、元気よく号令を発するのは、茶色の髪を少年のように短くした少女、アプロア。

村長の次女で、私が薪割りに熱中するまで仲良く遊んでいた剣スキルを持つ友人のうちの一人。

難航するかと思った彼女たちとの関係修復は、意外にもあっさりと許された。

というよりも、咎められなかった。

それどころか、魔境に行きたいから一緒に行ってくれと頼んだら、すぐに了承してくれた。

拒絶されるか、話を聞いてもらうだけでも、土下座を披露する必要があると思っていたから、拍子抜けしてしまう。

現在進行形で、私は戸惑っている。

昨日からずっと、アプロアは嬉しそうに笑顔を浮かべている。

昨日、アプロアたちと魔境に行く話をして、村長や親たちに許可をもらったり、準備をしているときも、ずっとだ。

誘いを断り続けた私への負の感情を一切感じない。

なぜだろう？

魔境へ行く道中、目を左に向ければ私よりも小柄な緑色の髪の弓を装備した少年、シャード。シャードは私と同じく村長が所有する農奴で、弓スキルを持っている。

寡黙で口数は少ないけど、遊びや他の子供たちとのケンカでも、アプロアの号令で迅速に動く行動力のある私の友人だ。

昨日、シャードからは「良かった」という言葉を一言だけもらった。

シャードはアプロアと違って終始笑顔というわけじゃないけど、それでも怒っているとかの負の感情は感じない。

目を右に向ければ、この四人組の最後の一人、木剣を帯びて黒いおかっぱ頭をした四人のなかで一番の長身で、力もある少年、エピティス。

エピティスも農奴の身分で、剣スキルを持っている。

エピティスも口数の多い方じゃないけど、それは温厚でのんびりとした争いを好まない性格をしているからかもしれない。

昨日、エピティスは私の肩に手を置いて、静かにうなずいてくれたけど、正直なところどういう意味なのか、よくわからないでいる。

けど、魔境に向かって歩いているときに、三人と話してすぐに負の感情を向けられていない理由を理解できた。

理解できて、胸が痛い。

というか、無垢で透明な針で刺されたかのように、老いた錆色の良心が痛む。

三人は純真な子供で、私は汚れた大人の心をしていたようだ。

この四人組で、戦闘に使えるスキルを持っていなかったのは、私だけ。

だから、この四人組で魔境に入ることができなかった。

実利という点で考えると、子供が魔境に入れるかどうかは重要じゃない。

私のような年齢の子供が魔境で薬草を採取して、行商人に売って小遣いを稼ごうとしても効率がいいとはいえない。

だから、子供が魔境に入れなくても、普段の生活に影響はない。

けど、それは魔境を資源や危険地帯と認識する大人の視点だ。

当然、子供たちにとって魔境は別の意味がある。

魔境は危険な遊び場所で、そこで行われるのは子供同士の度胸試しや子供特有の通過儀礼。

いくつかある度胸試しのなかでも代表的なのが、魔境に入って珍しい物を拾って持ってくるというもの。

珍しいと言っても、大半が変な形の石とか木片で、魔物の骨の欠片を持ってきたら、それだけでそいつは一日限定で子供たちのなかで英雄になれる。

かつては自分も体験したはずなのに、村の大人の目にはなんの意味があるのか、わからないこだわりで変なイベント。

でも、子供のコミュニティのなかだと重要な意味がある。

読み書きができるとか、他のなにかができて優秀でも、これをやっていないと子供たちのなかじや一段下に見られてしまう。

アプロアたち三人は、私がスキルを持っていなかったから、私に合わせて魔境に行って、このイベントをしていなかった。

でも、同年代の子供でスキルを持っていないのは珍しくもない。

だから、四人のなかで私だけが戦闘に使えるスキルを持っていなくても、ことさら劣等感を抱く必要はなかった。

けど、この通過儀礼を終えている少しだけ年上のフォールという少年を中心とした平民のグループから、バカみたいにマウントを取られることになる。

特に、魔境に行けない原因になっている私は集中的にバカにされた。

三人に引け目を感じて、三人だけで魔境に行ってくれと言ったこともあったけど、行くなら四人一緒だとアプロアに笑顔で一蹴されてしまう。

多分、三人が終えているのに、私だけが終えていないと、平民の少年グループに私がより強くバカにされると、アプロアは警戒したのかもしれない。

結局、三人は私に合わせて魔境に行くことなく、平民の少年たちにバカにされながらも待ってくれていた。

そんな三人の視点だと、私の最近の薪割りに熱中している行動は、四人で魔境に行くために頑張っているように見えたようだ。

三人と話して思い出したけど、斧スキルを習得できた日。

前世を思い出す前は、斧スキルを成長させることにハマっていたわけじゃないのに、父親に薪割りの手伝いを任されていたとはいえ、どうして黙々と薪割りをしていたのかと言えば三人に追いつくため。

もっと言えば、三人がこれ以上、私が原因でバカにされたくないから、斧スキルを習得しようと必死に努力した。

その心を、完全に、完璧に、忘れていた。

まあ、前世を思い出したり、薬草がマズかったり、薪割りにハマっていたから、見事に三人への思いは視界の外に置き去りだ。

……………白く冷えた心がキリキリと痛む。

純粋な気持ちで待ってくれていた三人に、前世を思い出した衝撃で、そんな大切な理由をすっぱりと忘れていたなんて言えない。

どうにも三人のなかで私は、三人に追いつくために三人と遊ぶのを控えて、孤独に薪割りをしていたと思われているみたいだ。

それとなく、斧スキルを習得してからも、すぐに三人を魔境に誘わないで薪割りしていたことについて聞いても、年上の少年グループからバカにされないぐらいに、スキルを成長させるためだと解釈している。

……罪悪感で吐きそう。

まったく、こんな純真で純朴な三人を個人的な理由で魔境に誘ったクズは誰だろう。

……まあ、私なんだけどね。

「どうしたんだファイス。もう疲れたのか？」

先頭を歩いていたアプロアが、うつむいていた私が疲れていると勘違いしたのか、気づかって声をかけてくれたけど、応じる私の笑顔が罪悪感でぎこちなくなるのを自覚してしまう。

「いえ、大丈夫です」

「そっか、でも無理すんなよ。疲れたら、すぐにオレに言うんだぞ」

アプロアは笑顔で胸を張る。

気づかいのできる優しい子だ。

まったく、打算ばかりの汚れた大人な思考をする私とは大違い。

だからこそ、アプロアの凄さがわかる。

この村で村長の資産でもある農奴をあからさまに差別して攻撃する奴はいない。

けど、農奴と平民で目に見えないけど、確実に隔たりが存在する。

農奴と平民は挨拶もするし、話もする。

険悪な雰囲気とか、深刻なケンカとかはない。

けど、農奴と平民で住む場所が明確に違うし、親しい近所づきあいもしない。

私が近所の農奴の家の薪を割らせてもらうことはできても、近所の平民の家の薪を割らせてくれと頼まない程度には溝がある。

大人でも、そんな状況なんだから、遠慮のない子供だと農奴と平民の隔たりはより顕著だ。

それでも大人と同じように、大事になるようなイジメはない。

その代わり、農奴の子供たちの遊び場所を、平民の子供たちに奪われたり占拠されるぐらいは日常茶飯事だ。

特に、私、シャード、エピティスの三人は口数が少なくて物静かだったから、よく平民の子供たちにバカにされていた。

その状況を助けてくれたのがアプロアだ。

粗末な貫頭衣を着ている私やシャード、エピティスの三人と違って、アプロアは村長の娘だから、この村の平民の大人でも着れないような、派手じゃないけど普通の染色された服を着ている。

だから、面倒な農奴の私たちに交ざって遊ぶよりも、平民の子供たちと遊ぶ方が自然で、付き合っていくのも楽だと思う。

けど、アプロアはあえて私たちと仲良くすることで、平民の子供たちからバカにされることを防いでくれた。

凄いことだ。

私が同じ立場と状況でも同じ行動ができるとは思えない。

そして、現在もアプロアは私が個人的な理由で魔境への同行をお願いしたなんて、疑ってもいないのだろう。

ますます、私の心が罪悪感でキリキリと痛む。

魔境探索開始

「そろそろ、魔境だから全員警戒するんだぞ」

アプロアの言葉に、私、シャード、エピティスの三人は自然と同時に応じた。

「「「了解」」」

警戒のためにも、周囲を観察する。

ここの魔境はアマゾンのジャングルというほど樹木が密集していないけど、まばらというわけでもない。

魔境の見た目は、暗い夜のように黒い木、永遠に燃える木とかがあるわけじゃなくて、前世の田舎で行ったことのある雑木林と大差がないと感じてしまう。

多彩な木々や土とかの生命力を感じさせる自然の匂いも、普通の森と変わりがない。

でも、気温が低いわけじゃないのに、体の芯にしみ込むようなかすかな寒気と、冷静な心を侵食するような妙に落ち着かなくなるような圧迫感がある。

意識的に、ゆっくりと深く呼吸をして、心の平静を維持する。

ここは魔境だから、確率は高くないとはいえ危険なゴブリンとかの好戦的な魔物と出会う可能性がゼロじゃない。

戦闘スキルを習得していて、武装していれば子供でもゴブリンに勝てる可能性は低くない。

けど、それはゴブリンが同数以下の場合だ。

出会った魔物が、こちらよりも多いゴブリンだったり、ゴブリンより強い可能性も十分にある。

それに、同数以下のゴブリンが相手でも、攻撃を受ければ大人でも運が悪ければ死ぬ。

だから、気は抜けない。

なにしろ、ここにいる全員が防具と呼べる物を装備していない。

私を含む農奴の三人が着ているのは、防御力を期待できなさそうな貫頭衣。

貫頭衣の素材は麻のようなナゾイモの茎を加工して糸にしたもので、それなりに丈夫だけど魔物の攻撃を防げるようなものじゃない。

アプロアの着ている服もしっかりとした作りの物のようだけど、防御力は期待できないだろう。

腰のヒモに差した母から借りた採取用のナイフと愛用のゴブリン銅の斧に手を置いて、早鐘を打ちそうになる心臓の鼓動を落ち着かせる。

「なあ、なにを探す?」

先頭で警戒しながら告げたアプロアの言葉に、私は首を傾げながら応じた。

「なにをって?」

「なにって、魔境で取ってくるものに決まってるだろ」

「ああ、そうだね。なにがいいかな?」

どうしよう。

アプロアたちはここに、度胸試しを終わらせるために来ている。

当然、私もそのつもりだと考えているのだろう。

斧スキルを成長させるために割る薪がなくなった魔境の木を自由に伐採したいから、ここにきているとは夢にも思っていないに違いない。

心なしか、ストレスでお腹がキリキリと痛い気がする。

三人に対して、どういう理由で魔境に来たのか正直に話してスッキリしたいけど、この雰囲気だと無理かな？

私が罪悪感から逃れるために、三人の楽しそうな雰囲気に水を差して台無しにしてしまうのは違う気がする。

とりあえず、今日は魔境への慣れもかねて、度胸試しを終わらせることに専念しよう。

でも、度胸試しのお題をクリアするのも難しいかな？

「薬草じゃダメだよね」

確認のために口にした私の言葉に、アプロアが強い口調で応じた。

「そんなんじゃダメに決まってるだろ、フォールたちが驚くようなものじゃないとダメだ」

シャードとエピティスの二人もアプロアと同意見なようで、彼女の言葉を肯定するように力強くうなずいている。

「了解、フォールたちが驚くようなものを見つけよう」

と口にするけど、自然と現実的には難しいなと思ってしまう。

少し年上の平民グループのリーダー格の少年フォールは、自分たちの度胸試しでなにかの骨を拾ってきて、子供たちから以前よりも一目置かれるようになった。

その骨は大人たちから見ればまるで価値のないゴミだけど、子供たちにとっては羨望の対象となるトロフィー。

そんなフォールが驚くようなものを見つけるのは、現実的に難しい。

この度胸試しには、明確な時間制限が存在しないけど、子供たちの暗黙の了解で初めて子供だけで魔境に入ってから、一週間ぐらいで見つけないといけないと思われている。

よくわからない骨よりも、薬草のほうが実用的で社会的に価値があるけど、子供たちのコミニティだと違う。

それに、なにが凄いかという明確な基準もない。

なんとなく、みんなが凄そうだと思えたから凄いという曖昧な審査基準。

果実、葉、石に枝。

珍しい種類や、変わった形をしているものが見つかればいいんだけど、そうじゃないとなにを探せばいいのかもわからない。

漠然と、子供たちにとって凄いものの探索。

時間制限は約一週間。

人数は四人。

それに対して、子供だけで入っていい魔境の浅い部分はかなり広い。

時間内に隅々まで探索できる広さじゃない。

明確に対象を設定しないで見つけるのは至難の業だろう。

そもそもの話として、探索している魔境の浅い領域に、子供たちが驚く凄いものが現在進行形であるとは限らない。

最悪の場合、存在しないものを探し続けることもあり得る。

どうしたものか。

これから一週間、明確な計画もなく闇雲に探索して、時間を浪費するのは嫌だ。

できれば、早く魔境での斧スキルの修行をしたい。

そのためにも、早期に子供たちにとって凄いものを見つける必要がある。

とはいえ、私にはそういうものを見つける技術や経験がない。

前世の知識も役立たずである。

周囲に対して気を張って、運良くなにかが見つかることを期待するしかないかな？

……あるいは、いっそのことそこら辺の木を伐採してから、変わった形に斧で加工して珍しい物を作ってしまうか？

……無理かな？

技術的には時間をかければ可能だと思うけど、アプロアたちがこういう不正のような行為に難色を示しそう。

それに、事実が子供たちの間で露見したときに困るだろう、主にアプロアが。

この度胸試しに明確なルールはない。

だから、珍しい物を自分で作ってしまうのも、ルール違反にはならない。

大人の社会なら、こういう裏技のような行為も容認される。

卑怯だけど、そういう発想は凄いとしぶしぶでも認められるだろう。

でも、素直な子供のコミュニティに、そんなものは通用しない。

ルールがないから許されるとかの大人の間で通用する論理は通用しない。

ただ、容赦なく、卑怯者と見なされる。

特に、私たちのグループだと、アプロアが他の子供たちからの信頼を失うことになりかねない。

現状、アプロアは農奴の私たちと仲がいいけど、村長の子供ながら公平で年下の子供たちの面倒もよくみるから、平民の子供たちからも信頼されている。

そんなアプロアにとってリスクのある行為をしてまで、この度胸試しを早期に終わらせようとは、私も思わない。

あるいは、危険だけど比較的にゴブリンと出会う確率の高い魔境の浅い部分の奥のほうにまで行って、ゴブリンを狩ってそれを珍しいものにするか？

……色々な意味で危険かな？

時間内にゴブリンに出会えるのか。

出会ったゴブリンに被害ゼロで勝てるのか。

子供のコミュニティでは英雄だと認められるかもしれないけど、大人たちからは危険なことをしたと魔境への立ち入りを禁止されてしまうかもしれない。

……どうしよう、早期に度胸試しを終えられるとは思えなくなってきた。


「……あれ、なに？」

誰に向けたわけじゃないけど、疑問の言葉が自然と出てきた。

頭上、五メートルぐらいの高さのところに、いくつもの黒い実がなっている。

その黒い実は、どうしていままで気づかなかったのか不思議に思えるくらい多い。

初めて見る実で、親と薬草の採取にきたときは見かけたことがなかった。

まあ、薬草採取のときは下に生えている薬草を探すために、視線を常に下に向けるから視界に入らなかっただけかもしれない。

視界の先にある実は黒い。

それだけなら視界に入っても気にならなかったかもしれないけど、この実はかなり大きかった。

目測だけど前世で食べたスイカぐらいの大きさは確実にある。

あんな重そうな実をいくつもつけているのに、この魔境の木は枝を下へとしならせることもない。

もしかしたら、あの黒い実は中身がスカスカで見た目ほど重くないのだろうか。

「なんだ、ファイス。なにか、見つけたのか？」

アプロアが嬉しそうに近づいてくる。

「あれって、なにか、知ってる？」

「うん？　ああ、黒玉か」

私が指さした先の黒くて大きな実を確認して、アプロアは明らかにがっかりしている。

アプロアはあれがなにか知っているようだ。

「アプロアは、あれがなにか知っているの？」

「あれは黒玉だよ」

「黒玉、初めて見た。毒があるの？」

毒のような理由がなければ、あの黒玉という果実が食べられるのに、うちの食卓に並ばない理由がわからない。

どうしよう、ナゾイモと薬草で味覚を蹂躙され続けている身としては、あの黒玉という果実を味見したくなってきた。

「いや、オヤジが言うには食えるはずだぞ」

「なら、なんで、村で食べないんだ？」

食べられるなら、これまで村で食べられてこなかった理由がわからない。

いつも村で食べているナゾイモよりもマズいのだろうか？

それでも、魔境で採取できる複数の薬草たちよりもマズいとは思えない。

「え？　なんでって、毒はないけど、苦くて美味しくないし、薬草みたいに凄い効果とかもないからだろう。時々、ゴブリンとかの魔物が食べてるらしいけど、村にはイモもあるし、わざわざ取りにくくて重い黒玉を取ってくる理由なんてないじゃん」

「そうか……あれって、珍しいものにならないか？」

アプロアの苦いという言葉に、黒玉への興味は少し下がったけど、それでも一口だけでも味見してみたいという好奇心の火は消えない。

だから、黒玉を持ち帰ることを提案してみる。

「え――ダメだろ。あんなの魔境にでなら結構なってるから珍しくもないし、凄くない」

バッサリとアプロアに否定されてしまう。

「けど、度胸試しで村に持って帰ってきた奴はいないよね」

「いないけど、それは珍しくないからだろ」

「そうなんだけど、魔境から取りにくくて、重い実を取ってきたってことを評価されないかな？」

という理屈で、アプロアが納得してくれないかなと、期待してみるけど、

「ダメだろう。フォールたちに、負け惜しみだって思われる」

やっぱり、否定されてしまう。

「……そうか、ダメか」

まあ、今回は諦めるか。

「ファイス、欲しいのか？」

シャードが黒玉に視線を向けたまま聞いてきた。

だから、

「えっ？　うん、どんな味なのか気になって」

正直に答える。

「そうか。エピティス、あそこで受け止めてくれ」

シャードは静かに、指をさしてエピティスに指示を出してから、弓を構える。

シャードの視線が鋭くなり、周囲の空気が張り詰めるように、静寂をまとって停止していく。

なにをするのかと不思議に思って見ているとシャードが矢を放ち、黒玉が枝から落ちて下で構えていたエピティスが見事にキャッチした。

「マジか」

自然と言葉が口から出ていた。

黒玉のなっていた枝までの距離はそれほど遠くないけど、目標はヘタと枝の間の指一本分くらいの細い場所。

それなのに、果実に当てることなく、黒玉を枝から落とした。

凄い。

シャードが弓スキルを持っているのは知っていたけど、ここまで上手いとは知らなかった。

スキルレベルはシャードを上回っているかもしれないけど、武器の扱いの上手さで勝っているとは言い切れない。

毒に触れて

「かたっ」

シャードが弓で枝から落として、エピティスがキャッチしたスイカ並みに大きい黒玉という果実を味見すべく、母のトルニナから借りたナイフで切ってみようとしたんだけど、簡単に切れない。

落ちてくる黒玉をキャッチしたエピティスが平然としていたから黒玉は軽いのかと思ったけど、実際には前世のスイカと同じくらい重かった。

落ちてくるこれを受けて止めても平然としているエピティスの身体能力は、私が思っていたよりも凄い。

四人のなかで、エピティスがもっとも背が高くて力があることは知っていたけど、ここまでとは思っていなかった。

単純な腕力は、斧を振るい続けている私に分があるんじゃないかと、ひそかに思っていたけど、そんなことはないのかもしれない。

それはともかく、この手のなかにある黒玉が切れない。

スイカどころか、前世のカボチャと同等以上に硬い。

もっとナイフに力を入れれば切れるかもしれないけど、下手をすると母から借りたナイフの刃が欠けてしまう。

このナイフはゴブリン銅製で、主に薬草とかの採取用だから、刀身も鉈のように厚くない。

……仕方がない。

ナイフで切るのは諦めて、斧で割るか。

でも、愛用の斧を使えば割れるとは思うけど、威力がありすぎて黒玉を砕いてしまわないか心配になる。

砕けたら味見がしにくくなってしまう。

「はぁ、ファイス、黒玉をそこに置け」

軽くため息をしながら、アプロアは地面を指さす。

「え？」

「オレが切る」

アプロアは滑らかな動作で、腰に差した剣を抜いて構える。

ゴブリン銅特有の赤色の直刀を思わせるような片刃の大剣。

なんども見たことのあるアプロアの構えだけど、どことなく前世の剣道の正眼の構えに近い気がする。

村長が習得して、エピティスみたいに希望する村人や子供に教えている剣の流派の名前が、確かイット流。

イット流、一刀流かな？

……もしかしたら、私以外にも、過去、この世界に転生している者がいるのかもしれない。

まあ、すぐにどうこうできることじゃないけど、頭のすみには記憶しておこう。

「はっ」

アプロアが気合の声と共に赤い剣を振り、黒玉を斜めに切断した。

黒玉の黒いけれどみずみずしい果肉はまっすぐ滑らかに切られていて、アプロアの腕の良さがうかがえる。

私も斧スキルを上げるために努力していたけど、アプロア、シャード、エピティスの三人もスキルが上がっているかはわからないけど、努力をしないで遊んでいたわけじゃないようだ。

「凄い」

「……ふん、これくらい、普通だし。まだまだ、オヤジに通じないからな」

そう言いながらも、アプロアは嬉しそうに胸をはる。

「それよりも、気になっているんだろう。それ、食べなよ」

「私が先でいいの？」

「いいよ、オレはそんなに黒玉の味に興味ないから」

「なら、いただきます」

ナイフで黒玉のその名前の通り黒い果肉を一口分だけ切り分けて、口に運ぶ。

「うっ」

果肉を噛むと鼻の奥に広がる独特の香りと共に、強烈な苦味と渋味が口いっぱいに広がる。

「まずいだろ」

アプロアがあきれたように肩をすくめる。

「……まあ、確かに美味しくはない」

美味しくはないけど、毎日のように、私の味覚を破壊してくる薬草たちの味に比べれば、かなりましだ。

渋味と酸味の強い辛口赤ワインに、渋味と苦味の強いオリーブを漬けたような、刺激的な味。

そして、なによりぬるっとした油まみれのアボカドを思わせるような独特の食感。

油だ。

まだ、断定はできないけど、この黒玉には油分が含まれているかもしれない。

油があれば、最悪な薬草まみれの食生活を改善できる可能性がある。

苦い山菜も天ぷらにすれば食べやすいから、薬草も油で揚げれば味がましになるんじゃないかって期待が持てる。

まあ、黒玉に油が含まれていることは、まだ確定していないけど。

油を取れるかもしれない黒玉。

何種類もの薬草の素揚げや、ナゾイモのフライドポテトの味を想像すると、それだけで唾液があふれそうになる。

辺境の村に食の革命が起こるかもしれない。

それなのに、私の手には黒玉がない。

アプロア、シャード、エピティスの三人によって持っていくことを強く否定された結果だ。

理屈はわかる。

スイカ並みに大きくて重い黒玉は、かさばって魔境での探索の邪魔になるから、帰り道で体力に余裕があれば、新しく採取すればいいと言われた。

当然だと思う。

あんな重い物を持ち運びながら、魔境の探索なんてできるわけがない。

頭ではわかっているんだけどね、心には未練の残り火が灯り続けている。

だから、自然と魔境を探索していても、なかなか気分が上がらない。

ちなみに、私以外の三人が黒玉を食べた感想は、マズくて無意味だ。

マズいはともかく、無意味っていう味の感想で出てくるのが、不思議な気がする。

前世の食の豊かな日本じゃ聞かないような感想だけど、ここが辺境だから出てくる感想なのかもしれない。

野菜もろくにない、この辺境の村だと食事に、空腹を満たすことだけじゃなくて、薬草のような効能を期待する。

もちろん、三人にも美味しいとかの味覚はあるんだろうけど、食事を味わって楽しむという感覚がないのかもしれない。

だから、黒玉があれば食事が美味しくなるかもしれないと主張しても、三人は不思議そうに首を傾げるだけだ。

この四人のなかで唯一、アプロアだけは時々パンを食べるらしいから、私の黒玉から油が取れれば食の革命が起こせるという話に共感してくれるかと期待したんだけど、シャードやエピティスと同じく黒玉に対する薬草以下という評価を変えてくれない。

私の話に共感してくれないのは残念だけど、私のやる気は下がるどころか、逆に美味しい素揚げで驚かせてやるという使命感のようなものまで抱いている。

それはともかく、黒玉から離れて私の気分がどんどんと落ちそうになるけど、早く珍しい物を見つけて夕飯で揚げ物を食べるんだって、霞のような皮算用をして気持ちを切り替えた。

けど、この広い魔境で、そう簡単に珍しいものが見つかるはずもない。

途中で食事休憩をしてから、再び珍しいものの探索が再開される。

……休憩前よりも足が重い。

一歩を踏み出すのに、意識的に足を動かす必要がある。

これは魔境を歩くことでの疲労じゃない。

よくわからない珍しいものの探索という雲をつかむような行為に対する精神的な疲労でもない。

休憩中にした食事のせいだ。

食事といっても、おにぎりやサンドイッチがあるわけもなく、食べたのはナゾイモ。

表面を軽く焼いただけのナゾイモは、ゴボウをもっと固く繊維っぽくした感じで、味がない。

本当にない。

甘味、塩味、苦味、酸味、うま味のどれも感じない。

固くて繊維っぽい食感はやたらと自己主張してくるのに、味がないから食べていると虚無感と徒労感にさいなまれる。

香りがよければ救いがあるんだけど、ナゾイモは焼いても特に香ばしくならないという、本当に残念な食べ物だ。

塩で味付けできればと思わないでもないけど、村で塩は貴重品なので子供が魔境に出かけるときに持たせてくれるわけがない。

私以外の三人は、ナゾイモの食事を苦にした様子はなく、少しうらやましいと思ってしまう。

沈んだ気持ちで自然とうつむきながらとぼとぼと歩いていると、頭を木に軽くぶつけてしまった。

「いたっ……くはないけど」

気を抜きすぎだな。

一応、念のために木にぶつけた場所を触ってみるけど、特にたんこぶや傷にはなって……あれ？

触れている手がヌルっとした。

木の表皮が見た目以上に尖っていて皮膚を切ってしまったかな？

でも、それにしては痛みがない。

ヌルっとしたものに触れた指先を見てみると、粘度の高いドロっとした黒い液体がついていた。

どう見ても血じゃない。

一応、出血はしていないようだ。

しかし、この黒いヌルヌルとした液体はなんなのかと不思議に思い、視線を上げて私が頭をぶつけた木を見てみると、木の表面からドロドロの黒い液体がにじむように流れ出ていた。

樹液……かな？

樹液だと断定しないで疑問符をつけるのは、木から流れる樹液の量が前世に比べて明らかに多いからだ。

蛇口から出るほどじゃないけど、とめどなく樹液が岩から湧き水が染み出すように流れている。

これだけの勢いで樹液が流れていたら、すぐに木はミイラのように干からびてしまいそうだけど、そこは不条理な魔境の植物、この勢いで樹液が流れ出ても枯れる様子がない。

樹液に触れた指先を鼻に近づけて匂いを嗅いでみる。

植物由来の独特の匂いがして、なぜか新品の食器や家具を連想してしまう。

汎用性の高そうなゴムや、美味しいメイプルシロップみたいに甘味のある樹液だったらよかったんだけど、ゴムやメイプルシロップのような匂いはしなかった。

でも、この匂いで、前世の記憶がかすかに刺激される。

「……なんだっけ、この匂い」

前世じゃ珍しくもないけど、この世界では体験したことのない匂い。

もどかしい。

もう少しで、思い出せそうなんだけど。

「ファイス、なめるなよ、それ」

いつの間にか、となりにきていたアプロアに注意された。

「アプロアは、これがなにか知っているの？」

正体不明の黒いドロドロの液体のついた指先をアプロアに見せる。

「毒だ」

アプロアが一言で断言した。

心臓が止まるかと錯覚する。

「毒！　私は大丈夫なのかな？」

毒というアプロアの言葉で、なにかしなくてはと無意味に焦り頭のなかが回転して明滅する光のように軽いパニック状態。

毒らしい黒いドロドロのついた指先や額をぬぐうべきだと思うけど、硬直して迅速に動けない。

ゾクリ、ゾクリとした恐怖に背中をなでられ、ジンワリと嫌な汗が流れ出て、鼓動がアラームのように自己主張してくる。

前世でも危険な毒は存在した。

けど、ここは魔境で採取できる薬草に、確かな薬効のある世界の毒。

この毒によって指が溶け出すとか、燃えだすとか、前世だったら不条理な現象が起こるかもしれない。

それに、触れている。

自覚すれば、するほど恐ろしい。

「ハハハ、大丈夫。それは触ったりするとかぶれるだけで、舐めたりしなければ体調を崩したりしない。だから、舐めるなよ」

アプロアの口調は軽い。

だから、恐怖とパニックがゆるやかに引いて、鼓動が落ち着いてくると、思考も少しは動き出す。

「舐めないよ。でも……」

かぶれると言ったアプロアの言葉が気になる。

かぶれる樹液……漆かな？

そういえば、このドロドロの黒い液体の匂いは漆っぽい気がしないでもない。

確信はもてない。

なにしろ、前世の記憶だ。

それに、漆の匂いも明確に意識して覚えていたわけじゃない。

新品の漆塗りの食器や家具の匂いに近いかなぐらいの認識。

だから、この黒い樹液の匂いが漆だとは言い切れない。

でも、これが漆だったら、色々と展望が……開けるかな？

残念なことに、私には漆の塗料以外での用途が思いつかない。

しかし、正体不明の樹液を舐めないように注意されるとか、アプロアのなかで私は食べられそうな物にはがっつく腹ペコキャラだと思われているのだろうか？

違う、と否定したいところだけど、周囲に比べて食の改善を望んでいるのは事実だから、強くは否定できない。

「今日は多めに薬草を食べろよ、そうすれば樹液に触れたところもかぶれないからな」

「薬草か……」

気分の下がるワードだ。

それでも、数日かぶれるよりはまし…………かな？

一応、この漆っぽい樹液が珍しいものになるか、三人に確認してみたけどダメだった。

私の感覚だと、この漆モドキは、将来的になんらかの実用性がありそうだけど、三人にとっては弱い毒の樹液でしかない。

なので、私も樹液を珍しいものにすることは諦めて、探索を再開する。

この樹液には利用法がありそうだけど、すぐに思いつかないし、食べられないから黒玉ほど執着はわかない。

でも、後で薬草を多めに食べないといけないと考えると、憂鬱になる。

竹との出会い

「竹だ！」

砂漠でオアシスを見つけたかのように興奮して、いまにも駆け出しそうになってしまう。

「落ち着け」

あきれた様子のアプロアに、肩をつかんで止められる。

「う、うん」

一応、アプロアに返事をするけど、どうしても生返事になってしまう。

視線と意識は竹に集中している。

より正確に言うなら、地中に埋まって見えないタケノコに期待してしまう。

まだ、魔境に生えている竹にタケノコがあるのかわからない。

それに、もしかしたら、タケノコがあったとしても、毒があったり、毒がなくても単純にまずい可能性もある。

けど、そんな冷静な思考を追いやるように、心はまだ見ぬタケノコを求めてしまう。

「大丈夫か、ファイス」

なぜだろう、アプロアの言葉には「頭」が大丈夫かと言われている気がする。

「もちろん、大丈夫」

安心させるようにうなずいて見せるけど、応じるアプロアの表情には安心の色が見えない。

「そうか？　まったく、黒竹なんて珍しくもないと思うんだけどな」

しきりにアプロアは不思議そうに首をかしげている。

私が黒竹という魔境の竹に興奮しているのが、理解できないようだ。

それはシャードやエピティスも同じで、黒竹に対して私よりもアプロアの反応に共感している。

むしろ、シャードとエピティスの二人は私を心配しているような気がする。

「この竹は、黒竹というんだね」

視線を巡らせると、黒竹と呼ばれているらしい竹が一面に生えている。

それは視界を埋め尽くすように、竹林と呼んでいいレベルで竹が生えている。

でも、母や父に連れられて魔境にきたときに、一度も黒竹を見かけたことがない。

けど、その理由は簡単だ。

周囲に視線をやれば黒竹の竹林。

黒竹だらけで、いつも採取している薬草が一種類も生えていない。

もしかしたら、少しは薬草が生えているかもしれないけど、わざわざここの竹林で探さなくても、他の薬草の群生地を探す方が効率的だ。

知識としてここに黒竹が生えていることを知っているかもしれないけど、両親は薬草を採取するときに、わざわざ薬草が採取できないここにはこなかったんだと思う。

「でも、使い道ないぞ、この黒竹」

「…………」

タケノコだけじゃなくても、竹細工、竹炭、笹茶などが脳裏に浮かんで、アプロアに対して反論の言葉を口にしそうになるけど、思い止まる。

村の常識として、アプロアの言葉は正しい。

それに反論するなら、タケノコだけじゃなくて、黒竹に実用性があると証拠を見せる必要がある。

なので、タケノコ掘りを三人に提案するけど、感触はよくない。

三人としては珍しい物じゃない黒竹の密集している竹林地帯を抜けて、他の場所で珍しい物の探索をしたいんだろう。

それは合理的な判断だけど、ここは私も粘る。

その結果なんとか、三人は少しの時間だけ私のタケノコ掘りを認めてくれた。

とはいうものの、タケノコ掘りも楽じゃない。

なにしろ、私をふくめて、この場にいる全員が鍬やシャベルとかの地面を掘るのに適した道具を持っていない。

私なんて、持っている道具はナイフと斧だけだ。

ナイフを地面に突き刺して、柔らかくして素手で掘るしかない。

かなり時間がかかりそうだ。

そうなると、闇雲に掘って時間を浪費して、何度もトライアンドエラーを繰り返すわけにはいかない。

私がタケノコ掘りに使える時間は、三人が小休止している間だけで、休憩が終わったら竹林を抜けて探索を再開することを約束したから。

だから、一刻も早くタケノコを発見するために、よく地面を観察する。

それこそ、さっきまでの珍しい物の探索よりも、意識を地面へと集中していく。

「なあ、シャード。ファイスはなにを探してるんだ？」

「わからん」

「……そうか」

周囲の言葉を気にしないで、地面を注意深く探す。

……まあ、それでも周囲の言葉は気になるけどね。

口調が興味深そうだったらいいんだけど、私を心配しているようなのだ。

早くタケノコを見つけなくてはと、気持ちがどうしようもなく焦れる。

一度、深呼吸をして、気持ちを外気と共に入れ替えることで、切り替わると思い込む。

鼻腔に広がる懐かしい竹の香りが、焦れる気持ちを少しだけ沈静化させてくれた気がした。

幸いなことに前世のことだけど、タケノコ掘りの経験がある。

祖父母の持っていた山で山菜取りの手伝いの一環で、タケノコ掘りを経験していた。

まあ、それでも素人だから、プロなら知っているタケノコ掘りの深い知識はないけど、闇雲に地面を探すよりはいい。

探すのは地面に走る小さなひびというか、割れ目だ。

すでに地面からタケノコの先が出ているとあまり美味しくない。

だから、まだ地面から顔を出していないタケノコを優先で探すけど、場合によっては少し顔を出しているタケノコで妥協してもいい。

味は落ちるかもしれないけど、この場はとにかくタケノコの実在を確認したい。

ナイフ、ときどき素手で、地面を掘っていると、背中から突き刺さる視線が痛い。

心へとダイレクトに突き刺さり、静まった焦りを刺激する。

「……ダメか」

五回目の空振りだから、不安と焦りが混ざって膨張して心を圧迫してくる。

ドクドクと鼓動がうるさい。

三人から心配というよりも、もはや憐れむような視線を向けられている気がするけど、意識の外へと強引に追いやる。

そうやってグルグル、ユラユラと不安定な心で、タケノコ探しに集中しているんだって、自分に言い聞かせて地面を掘っていると、念願のものが見つかった。

黒い。

本当に黒いけど、形状は間違いなくタケノコ。

あとはこれを採取するだけだ。

「クソっ」

ナイフでタケノコの採取をためしてみるけど、硬くて切れない。

仕方ないので、タケノコの周囲にある土を手でどけて、斧で狙えるようにする。

一応、斧をタケノコの根元まで振り下ろせるだけのスペースは確保したけど、どうにも感覚的に狙いにくい。

まあ、いつも斧で割っていた薪と違って、このタケノコの狙う場所は地面よりも低い位置だし、なによりも斧を振るうモーションも上から下にじゃなくて、どちらかといえばゴルフクラブを振るうようなモーションだからしょうがない。

深呼吸。

様々な不安や焦燥は心の奥底に沈めて、意識と視野をタケノコに斧を振るうことへと集中させていく。

ゆっくりと斧を頭上に振り上げ、一度静止させるといくつものパターンで斧を振るう軌道を幻視して、選別して厳選していく。

その中でも、一番有用そうな軌道をなぞるように斧を振るう。

「クソっ」

結局、タケノコを採取するまでに三回も斧を振るう必要があった。

それでも、魔境の植物としては柔らかい方なのだと思う。

斧はタケノコに命中したけど、そのモーションは雑で不満だった。

軌道が終始安定していない。

重心移動はチグハグで、力の伝達もつたない。

タケノコに対して的確な角度で斧の刃が当たらない。

昨日まで斧を振るう努力をしてきたから、これがダメなものだとわかってしまう。

薪割だけをしていた弊害だろうか。

斧を極めたとは言えないけど、なんとなく斧を振るう要点はわかってきていた。

いや……そう思い上がっていただけなのかもしれない。

薪割をするように、斧を上から下に振るうだけなら、ここまで無様なことにはならなかった。

けど、斧を振るう軌道が少し変わっただけで、このざまだ。

斧を振るうことを少し理解した気になって、その実態は応用がまるできかないというもの。

もう少し的確に斧を振るうことができれば、三回も振るう必要はなく一回で十分だった。

確かに、タケノコに振った斧のモーションは初めてのものだけど、斧を振るうときの軌道が薪割りから少し変わっただけで、修正できなかった。

そのことが少しだけ情けない。

でも、視点を変えれば、私の斧にはそれだけ成長する余地があるということでもある。

まあ、それでも念願のタケノコが手に入った。

黒いタケノコ。

見た目は黒こげのタケノコにも見えるので、美味しそうには見えない。

毒がありそうにも見える。

でも、実際に食べてみたらどうかわからない。

希望はある。

「それが、タケノコか？」

「うん」

「美味しいのか？」

「……わからない」

「そうなのか？　なら、食べてみたらいいんじゃないのか」

「いや、タケノコは生で食べられないから」

アプロアの冗談だとわかるけど、安易に魔境の植物を食べることをすすめないでもらいたい。

うっかりと味見したくなる衝動に負けそうになるから。

「うん？　食べたことないのに、食べ方がわかるのか？」

「……まあ、ね」

前世の記憶があるから、とは言えない。

三人を信用していないわけじゃないけど、前世の記憶なんて辺境の村ではトラブルの元だろう。

なので、心苦しいけど、曖昧な笑みでやりすごす。

肺を圧迫するような重い沈黙があたりに響き、場の空気が張り詰める。

その空気を破ったのは聞き慣れない足音。

四人がいっせいに音の方へと視線を向ける。

獣がいた。

見知った獣だ。

ある意味で、私はこの獣をこよなく愛している。

もっとも、愛しているのは食材としてだ。

生きたままで対面したいとは思わない。

なにしろ、視線の先にいるのは、ゴブリンの間引きに参加した父が褒美として村長からもらう美味しい肉の正体、フォレストウルフ。

輝かしい虚勢

漠然とした死か、それとも視線の先に居るフォレストウルフへのものかもわからない、冷たく鋭い氷のイバラを思わせる恐怖に背中をなでられ、体と心が一瞬でからめとられて硬直する。

なぜ。

なぜ……。

なぜ…………。

なぜ……………。

理不尽な現実から逃避するかのように、そればかりが頭の中で反響して脳を埋めつくす。

迅速に考えなければいけないのに、思考が恐怖で動かない。

思考を止めて、フォレストウルフのもたらす未来を考えなければ、現実も停止したままなんて幻想にすがりついているのかもしれない。

逃げるか、戦うか、どちらを選択するにしても、行動しなければいけないのに体は硬直したまま。

私はタケノコを手に入れることに集中しすぎて、周囲への注意が欠如していた。

他の三人も、魔境を数時間も探索したことで、疲労が蓄積していたんだと思う。

それに、私たち四人は、初めての子供だけの魔境探索だ。

気持ちが浮ついたり、恐怖で緊張していたり、いつも通りの冷静さを維持できる状況じゃない。

なによりも、魔境で危険な魔物に出会うわけがないと、心のどこかで舐めていた。

運悪く出会うとしても、単独か、少数のゴブリン。

ゴブリンが相手ならリスクはあるけど、戦えない相手じゃない。

けど、これはダメだ。

前世のセントバーナードとかの大型犬よりもさらに一回り大きいモスグリーンに近い色の毛並みをした、オオカミと呼ぶにはあまりにも物騒な魔物フォレストウルフ。

定期的にゴブリンの間引きに参加しているレベル、スキル、体格の全てで私を上回る父でも、フォレストウルフとは、リスクが高いから自衛以外で積極的に戦わないと言っていた。

そんなフォレストウルフが視線の先にいる。

向こうが、こちらに気づかないで去っていく可能性にすがりたいけど、無理だ。

奴は、こちらへしっかりと視線を向けている。

前世のクマとかならば、それでも相手が去る可能性もあったけど、相手はフォレストウルフという名の魔物。

魔物という呼び名は伊達（だて）じゃない。

魔物たちは、前世の動物のように、空腹でなければ慎重に行動するなんてことはない。

魔物は他の生き物を認識したらとりあえず攻撃する。

空腹じゃなくて、満腹でも関係ない。

前世の動物に比べて魔物は攻撃性が異常に高い。

そして、魔物のフォレストウルフも、当然のことだけど高い攻撃性を有している。

だから、こちらを認識している奴は、確実にこちらを攻撃してくるだろう。

………出会ってしまう相手がフォレストウルフなら、どれだけ警戒していたとしても死へと収束してしまう結果は変わらない。

恐怖に蹂躙されていた心と体に別のものが広がる。

灰色のねっとりとした諦めの呼び声。

不快で、屈辱的なのに、緊張を緩めて脱力へと誘うように、どこかで諦めることに安息を感じる自分が情けない。

「あいつの後ろ足を見てみろ」

フォレストウルフを刺激しないように配慮したと思われるアプロアの小さな声。

バグったパソコンみたいに、いくつものフォレストウルフに殺される自分の未来を想像するだけだった思考が、耳から届いた小さいけど強いアプロアの声で、少しだけ平静を取り戻して切り換わる。

「えっ？　引きずっている」

よくフォレストウルフを観察してみたら、左の後ろ足に血が付着していて引きずるように歩いていた。

その姿は絶対に死をもたらす恐ろしい捕食者というよりも、手負いの敗残兵や落ち武者のような雰囲気すら感じられる。

「理由は知らないが、相手は手負いだ」

アプロアの言葉に、それでも危険だと無言のまま心のなかで思ってしまう。

魔境の深い場所から浅い領域へと、なにかに追いやられて、群れじゃなくて単独で行動する手負いのフォレストウルフ。

弱そうにも思えるけど、前の世界で後ろ足を負傷しているヒグマに銃器なしで、それも子供が四人で勝てると夢想する奴はいない。

それと同じだ。

確かに、あのフォレストウルフは手負いだけど、それでも私たちよりも弱いとは言えない。

「だから、オレがあいつに切り込んで時間を稼ぐ。その間に、シャード、エピティス、ファイス、お前たち三人は全力で村の方へ逃げろ」

アプロアの言葉の意味がわからない。

恐怖が停止して、心に広がっていた灰色の侵食が停止する。

「……なにを言っているんです」

「このなかでオレが一番強い。だから、一番時間を稼げるオレが囮になる」

アプロアが言った。

笑顔で言った。

震えながら、内からあふれる恐怖の感情に飲まれそうなのは見てわかる。

それでも、笑顔を引きつらせながら少女が囮になると言った。

戦術的に正しい判断なのかもしれない。

フォレストウルフが強いとは言っても、足を負傷しているのなら、移動速度は平常時に比べて下がっているだろう。

アプロアが囮になって、時間を稼いでいる間に、私たち三人が全力で走れば安全圏まで逃げ切れるかもしれない。

一人の命を犠牲に、三人の命を助ける。

間違っていることじゃない。

とても合理的だ。

でも、そんな選択をするつもりはない。

「…………なにを言ってるんだ、アプロア」

死への恐怖や不安は強引に心の奥に沈めて、意識的に不敵な笑みを浮かべながら言った。

震えながらも立ち向かおうとするアプロアの姿は、死の危機に直面しているのに、まるで太陽のように輝いているのかようで見入ってしまった。

死んだら、なんて怯えていた自分が恥ずかしい。

前世で生きた時間も合わせたら、はるかに年下の少女が恐怖に耐えながらも、格上のフォレストウルフに立ち向かおうとしている。

こんな姿を見せられたら、死への恐怖や勝てるかどうかなんてことからは、さっさと視線を外してアプロアの横に毅然と立てる姿を幻視する。

「なにって」

囮になる覚悟を邪魔されたからか、アプロアがイラついたように言った。

でも、それ以上はアプロアに言わせない。

「目の前に、探していた目的のものがあるのに、ここから去る理由がどこにある？」

私の言葉に、アプロアが戸惑ったように応じる。

「お前、なにを言ってるんだ」

「四人で、あいつを仕留めて持って帰れば、フォールたちも私たちを認めるだろう」

フォレストウルフの強さや死への恐怖は無視して、愛用の斧を構えながら笑顔でフォレストウルフを指さす。

四人で生きてフォレストウルフの死体を持って帰れたら、フォールたちも凄くないと文句を言ったりしないだろう。

「そうだな」

シャードが弓を構えながら静かな口調で同意してくれて、エピティスも木剣を構えながら無言で力強くうなずいて同意してくれる。

「お前たち……………あいつはフォレストウルフなんだぞ」

なぜだか、アプロアは泣きそうな顔をしている。

「ただの手負いの獲物さ、だろ」

私が虚勢じみた強がりを言えば、シャードが同調してくれる。

「ああ、狩りなら慣れている」

シャードの言葉にウソはない。

シャードの父親も農奴だけど、私の父が農作業とは別に魔樫の伐採をやっているように、魔境じゃなくて普通の森で動物を相手に狩猟を仕事としている。

そして、シャードはそれに随行して、普通の動物相手にそれなりに経験をつんでいるはずだ。

「アプロア」

「なんだ」

「前衛は私がつとめる。アプロアは全体の指揮を頼む」

「は？　なにを言って……」

アプロアの言葉を、三本の指を見せてさえぎる。

「私の斧スキルは三だ。当たればフォレストウルフでも一撃だ」

アプロアはため息をしながら応じる。

「……わかった。でもな」

「うん？」

「死ぬなよ」

「大丈夫」

「なんでだよ」

「だって、信頼する仲間と連携するんだから、勝てるに決まってる、だろ」

私の虚勢と見栄で急造した強がりの言葉を、アプロアは笑顔で認めてくれた。

「当然だ、バカ」

フォレストウルフ

「ハァアアアァ」

気合の声と共に赤い色をした愛用のゴブリン銅の斧を振るう。

けど、

「チッ」

刃はモスグリーンの毛皮を裂いて肉に食い込むことなく、虚しく空を切る。

フォレストウルフは、こちらの攻撃を余裕で避けてしまう。

すぐに、フォレストウルフがわずかに身を沈めて、こちらに飛びかかろうとするけど、鋭い風切り音を従えて飛んできた矢を避けるために、大きく後方に飛ぶ。

シャードの援護に感謝しつつ、安堵の息を吐く。

フォレストウルフの視線が矢を放ったシャードに向くけど、アプロアとエピティスが素早くカバーに動いて、シャードを攻撃することを許さない。

左の後ろ足を負傷していて、モスグリーンの毛並みを血で汚しているのに、このフォレストウルフは十分に敏捷だ。

これでもフォレストウルフが十全なときに比べれば十分に鈍足なのかもしれないけど、それでも私たちにとって脅威であることにはかわらない。

目の前のフォレストウルフは手負いだから、時間が経過していくほど疲労が蓄積して、私たちが有利になると少しだけ期待していた。

儚い期待だった。

フォレストウルフと交戦を開始して、それなりに時間が経過しているけど、疲労で動きが鈍くなるような様子はうかがえない。

もしかしたら、このフォレストウルフは疲労が蓄積しないように、動きをセーブしている可能性もある。

それでも、対処に困るフォレストウルフの敏捷性。

けど、それよりも私のほうが問題だ。

フォレストウルフよりも先に、体力がつきて動けなくなるかもしれない。

子供だけでの初めての魔境探索で、最初から疲労があったとかの理由もあるけど、それ以上に命がけの戦いがきつい。

深い呼吸と浅い呼吸が入り乱れて必要以上に酸素を消費して肺が新鮮な空気を求めてあえいで、工事現場の爆音のように心臓がうるさくて、緊張という名の見えない鎖が全身に絡みついて動きを阻害する。

いつも通りの平常心には程遠い。

限りのある体力を必要以上に浪費してしまう。

戦いに臨む覚悟は確保できても、恐怖を完全には振り切れない。

私のなかの冷静な精神状態は、どうにも品切れのようだ。

漠然とフォレストウルフが怖くて、噛まれるのが怖くて、痛みが怖くて、死ぬのが怖くて、アプロアたちの死が怖くて、双肩にのしかかる仲間たちの命の重みに対する責任が怖い。

怖がっている場合じゃないって、頭では理解しているけど、頭で理解しているだけだ。

深い恐怖の色をした触手のような膜に心が絡めとられて、十全に動けない。

それでも、フォレストウルフに蹂躙されることなく、現状を拮抗させることができているのは、アプロアの指揮の下で私たち四人が力を合わせて連携しているからだろう。

アプロアの指揮のもと、前衛をつとめている私の一撃が外れても、シャードの矢が牽制して、シャードに目標が移ったら、エピティスとアプロアがカバーに入っている。

でも、私だけじゃなくて、この四人に言えることだけど、普段の素振りとかの動きに比べると、どこかぎこちなくて硬い。

全員のパフォーマンスが普段通りだったなら、このフォレストウルフはとうの昔に食材になっているはずだ。

「ガルゥ」

「チッ」

またも、斧が空を切る。

フォレストウルフも私の斧を振るう速度に慣れてきたのか、余裕で避けて嘲笑うように吠えた。

気持ちの問題で斧を上手に振るえていないというのもあるけど、それ以外にも攻撃時に一歩深く踏み込めていない。

攻撃開始時点では、踏み込む覚悟を完了させているのに、いざとなると鉛で覆われたかのように足が重くなって踏み込みが浅くなる。

もう少しだけ相手の方へ深く踏み込めば、フォレストウルフに斧が当たる確率が上がるってわかっているのに、色々な意味で、その一歩が遠い。

このまま無闇に、同じことを繰り返しても状況は悪くなるだけ、それはわかるけど対処方法が思いつけないでいる。

私たちの体力がつきるか、要所でフォレストウルフを牽制してくれているシャードの矢がつきてしまったら、私たちのエンドロールが開始してしまう。

これでも、状況としては最悪じゃない。

フォレストウルフの恐ろしさは、単体の戦闘能力じゃなくて、木から木へ猿のように動く機動性と群れでの連携。

理由はわからないけど、このフォレストウルフは単独で行動していて、動きの要となる後ろ足を負傷していたから、子供四人でもなんとか戦闘になっている。

それに、こちらを格下だと舐めているからなのか、他のフォレストウルフを呼び寄せる遠吠えをしていない。

傭兵や冒険者ですら、出会ったら速攻で全滅させないと、仲間を呼び寄せる遠吠えによって無限に増え続けて、フォレストウルフの波に潰される。

だから、このフォレストウルフが、遠吠えを使わないのはありがたい。

ここに、もう一体でも、フォレストウルフが追加されたら、対処は無理だろう。

「落ち着けファイス、お前の斧の威力なら、当たればあいつはくたばる。自分の力で習得したスキルを信じろ」

「スキル…………あっ」

アプロアの言葉で、重要なことを思い出した。

「ファイス、どうかしたのか？」

「いや、なんでもない」

不思議そうにするアプロアに対して、急いで誤魔化す。

普段なら気づかれるかもしれない、拙い誤魔化しだけど、フォレストウルフとの交戦中という緊張状態なら気づかれていないと信じたい。

小さく吸って、大きく吐く。

息を止めて、斧を振ることに没入する。

ノイズのように、ゆらゆらと無数の触手のような不安と恐怖が心をなでて邪魔をしてくる。

けど、今度は大丈夫。

確信がある。
次に、私の振るう斧はフォレストウルフを捉えると。
「ガァアアァ」
フォレストウルフが吠える。
空気が震えて、私の肌を叩く。
耳だけじゃなくて、心まで響いて萎縮してしまいそうになる。
さっきまでなら、萎縮した心に引きずられて体まで萎縮して、動きが鈍くなっていた。
でも、大丈夫。
ただの威嚇の咆哮。
仲間を呼び寄せる遠吠えじゃない……と、思う。
斧スキルを全力で起動。
目標は迫ってくるフォレストウルフ。
心を凪いで、体は脱力。
斧スキルの導きに従い、体を全力で制御。
心身が乱れていても、斧スキルが的確にアシストしてくれる。
私のイメージを上回る速度で、乱れることなく正確に斧を振るう。
「ギャァアウウウァ」
フォレストウルフが血をまき散らしながら、苦痛に満ちた咆哮を放つ。

「チッ」

斧はフォレストウルフの体を捉えた。

けど、致命傷にはほど遠い。

首を狙ったのに斧が切り落したのは、フォレストウルフの右の前足。

フォレストウルフは斧が当たる直前で身をよじって、右の前足を犠牲に首への直撃コースを避けてみせた。

ダメージとして、決して軽くはない。

動きにも大きな制約がつく。

けど、それよりも大きな問題がある。

フォレストウルフの牙が、私の首へ迫っていた。

右の前足を失ったことで、距離を取るんじゃなくて、逆に距離をつめて反撃に転じてくるとは思いもしない。

油断だ。

気づくのが一瞬だけ遅かった。

回避は不可能。

だから、

「クソッ、ガァアアアァ」

痛い痛い痛い痛い痛い痛い。

痛くて、痛くて、とにかく痛い。

メキメキという音は聞こえない。

けど、メキメキと響かせて砕けていると、私の左腕の骨が泣きわめく。

足の小指をタンスの角にぶつけたときに、泣きたくなるほど痛いって思うけど、これはそれの比じゃない。

まったく、泣きたいなんて思わない。

それよりも、ただ、ただ、痛みの波が限界を振り切っているから、痛みから逃避するために精神をオフにして気絶したくなる。

一秒だって、意識を保って激痛に満たされた記憶を認識したくない。

だから、気を抜いて流れに身をゆだねれば、すぐに気絶できるって確信できてしまう。

けど、その誘惑に身を任せるわけにはいかない。

なにしろ、現在進行形で首をかばうために差し出した左腕にフォレストウルフが噛みついている。

こんな状況で気絶なんてしたら、このフォレストウルフに永眠させられてしまう。

それに、微妙な力、精神、重心とかのバランスで、転倒することを避けられている。

一瞬でも気を抜いたら、フォレストウルフに倒されて蹂躙される未来しかない。

毎日、斧を振るって子供にしては鍛えられていると思うけど、私の腕にフォレストウルフが噛み砕くのに耐えるほどの強度なんてあるわけがない。

数秒後には、フォレストウルフの上あごと下あごが閉じられてしまう。

だから、

「アァアアァァァ――――」

左腕から発せられる脳をマヒさせるような激痛をかき消すように、気合とも呼べない力任せの叫び声を上げて、噛まれている左腕を押し込むようにしながら、斧を手放して自由になった右腕をフォレストウルフの首の後ろに回して強引に抱き着く。

「ヴゥウウウウゥ」

「ガァアアアァ」

フォレストウルフの私の腕のせいでこもったような唸り声と、私の絶叫が響き合う。

フォレストウルフは離れようと身をよじる。

フォレストウルフが暴れると、噛まれてる左腕がさらに痛い。

もう、フォレストウルフを解放して、楽になりたいって思考が脳裏でささやく。

思考を停止させて、ささやきに耳をかせば、一時的に楽になるかもしれないけど、結末はバッドエンドでデッドエンドだ。

ハッピーエンドじゃない。

だから、拒絶する。

アプロア、シャード、エピティスの命運がかかっているんだって、強く意識して歯をくいしばる。

「ハァアアァ」

気合と共に、密着した状態からフォレストウルフに膝蹴りを放つ。

スキルの補正もない、レベル一の子供が放つ膝蹴りじゃダメージは期待できない。

けど、私のような子供の膝蹴りでも、狙う場所によっては嫌がらせになる。

そう、例えば、斧で切り飛ばされた前足の傷口とかだ。

「ヴァオオオゥ」

傷口への膝蹴りがよほど痛かったのか、フォレストウルフは大きく反応して体を硬直させる。

好機。

「アプロア！」

私の言葉に、アプロアは迅速に反応してくれた。

美しい軌跡で片刃の大剣を振るうと、フォレストウルフの首を切り落としてみせる。

「やりましたね」

私の笑顔での勝利宣言に、アプロアたち三人は苦笑で応じた。

安心したのか、エピティスは膝を地面についている。

エピティスがすぐにカバーに動いてくれたおかげで、私が攻撃を外しても誰かが負傷しないですんだ。

青い顔をしたシャードも肩で息をしている。

運動量だけで言えば、一番少なかったかもしれないけど、一番精神を消費したのはシャードかもしれない。

フォレストウルフと三人の少年少女がランダムに動き回る乱戦。

フォレストウルフを牽制するだけでも大変なのに、矢の射線に入り込む私たちに当てないように
しないといけない。
フォレストウルフだけじゃなくて、私たちの動きも常に把握して予測しないといけないから、そ
の消耗は相当なものだろう。
アプロアに視線を向ければ、まだ茫然自失という状態のようだ。
少し不思議に思う。
フォレストウルフに止めを刺すときに、シャードでもエピティスの名前でもなく、アプロアの名
前を呼んだ。
三人のなかで彼女が特出していたわけじゃないのに、迷わずに彼女の名前を口にした。
なんとなくだけど、もう一度同じ状況になっても、なぜか、私はアプロアの名前を呼ぶ気がする。
個人的には、色々と反省のある一戦だったけど、今は素直にフォレストウルフに勝てたことを喜
ぼう。
まあ、抱えたフォレストウルフの首を失った胴体から血が噴き出たから、私は血塗れで酷いこと
になっているんだけど。
でも、勝利は勝利だ。
それでも、左腕は現在進行形で死ぬほど痛い。

苦行

原因はなんだったのか？

いつもの薪割りでも、自分自身への手本で、斧スキル全開の一撃目以外はスキルをオフにして振るっているから、そのクセでいざというときにスキルを使うということが、習慣になっていないことだと思う。

だから、フォレストウルフと命がけの戦いをしていたのに、アプロアに指摘されるまで斧スキルを使っていないことに気づけないでいた。

もっというなら、タケノコを斧で切ったときも、斧スキルを使っていない。

スキルの存在しなかった前世の記憶を思い出したことで、少しだけスキルという存在を異質だと思って、スキルを当たり前のように使う感覚に馴染んでいないのかもしれない。

という、反省のようなことをしてみるけど、目の前の現実は変化してくれなかった。

私の前には、アプロアがいる。

笑顔で立っている。

両手には沢山の薬草。

「どうした？　早く食べないと効かないぞ」

薬草を受け取らないでいる私をアプロアは不思議そうに首を傾げる。

この薬草は食べないといけない。

私の左腕は、フォレストウルフに噛まれたから、穴だらけで出血がヒドくて、おそらく骨も折れるか砕けるかしていて肘から先がプラプラしている。

素人の目で見ても重傷だ。

それに、この傷が痛すぎて歩くことができない。

もっというなら、ささいな動作ですら、凶悪な衝撃となって左腕の傷を刺激する。

激痛を引き起こさないために、彫像のごとく微動だにできない。

一応、アプロアの採取してくれた薬草と、私の服の一部を切って確保した包帯モドキで、シャードが的確に応急処置をしてくれたから、色々とましにはなっている。

包帯の下の傷の治りを早くする薬草、止血と痛み止めの効能のある薬草、解熱の薬草が効いているんだと思う。

だから、失血死の危険は低くなって、これから傷が化膿して熱にうなされる心配も低いし、多少は動いても耐えられる痛みになっている。

全快にはほど遠いけど、かなりましになった。

けど、魔境を歩いて村まで帰れるほど元気かと言われれば、なかなか難しい。

村に近ければ、最悪だけど大人の救援をお願いするために、四人を二つの組に分ける選択肢もあった。

いや、昨日までの魔境の浅い部分への印象だったら、ここでも選択肢として存在しただろう。

でも、比較的危険の低いと言われていた魔境の浅い部分で、フォレストウルフと出会った。

これはレアケースなのかもしれない。

でも、私たちには、フォレストウルフとの遭遇がレアケースだと判断する材料がない。

まあ、それなら、アプロアに単独で薬草の採取に行かせるなって言いたいところだけど、アプロア自身に必要なことだって押し切られてしまった。

そのときのアプロアの顔が、なかなか印象的で脳裏にずっとこびりついている。

なにかに耐えるかのように、唇を噛み締めて、この世の終わりのような深刻な顔をしていた。

どうにも、アプロアは私が負傷したことを必要以上に、自分の責任だと感じているようだった。

この四人でフォレストウルフと交戦して、被害が私の左腕の負傷だけですんだのだから、幸運だといえる。

フォレストウルフと出会ってしまったのは最悪だけど、勝って生き残れたから悪くないベターな結果だった。

でも、アプロアは自分がリーダーだから、私の負傷の責任も自分にあると思っているようだ。

その責任感の暴走からなのか、アプロアは単独で薬草の捜索と採取をしてきてくれた。

その結果として、応急処置で左腕に貼っても、両手で山盛りになるほどあまる薬草を、私のために採取してきてくれた。

その行為は嬉しい。

嬉しいけど…………つらい。

いや…………頭では理解している。

必要なことだ。

魔境で採取できる薬草は傷口に貼っても効果はある。

でも、口から摂取したほうが薬草の効果は大きい。

アプロアの採取してきてくれた薬草を食べて、少し安静にしていれば、村まで歩いて帰れるていどには回復する可能性が十分にある。

どう考えても、アプロアが差し出す薬草を食べるべきだ。

理性は、すでに結論を下している。

だけど、どうにも、感情が激烈に異議を唱える。

主に、味覚的なことを理由に。

こんな非常時に味かと、思うかもしれない。

私も客観的に、ひとごとだったら、さっさと食べろよと思ったことだろう。

でも、私は知っている。

魔境の薬草はマズい。

死ぬほどマズい。

味覚という概念が崩れて、舌が壊れてしまうかと思うほどマズい。

そしてなにより、アプロアの差し出す薬草は、採取したてで新鮮。

つまり、生だ。

もっというなら、家の食事で出されているような調理がなされていない。

調理と言っても、しょせんはゆでるか炒めるていどだろうと思うかもしれない。

けど、それが大きな違いになる。

調理した薬草もマズい。

でも、生の薬草よりはましだ。

そもそも、調理しても、しなくても、味が変わらないなら、薬草を調理する必要がない。

だから、毎食、わざわざ薬草を調理する意味はある。

あの死ぬほどマズい薬草料理ですら、生の薬草をそのまま食べることに比べればましなのだ。

あの味覚的に限界な薬草料理よりも、薬草の生食はマズい。

…………やっぱり、食べろという理性を、マズいという感情と本能が拒絶する。

でも、

「どうした」

不思議そうに首を傾げる善意百パーセントの表情をしているアプロアを相手に、食べないとは言えない。

そんなことをいったら、アプロアに手負いの友人からの拒絶という一生もののトラウマを植え付けてしまうかもしれない。

平時なら、まだ、余裕があるかもしれないけど、私が負傷したことについて責任感が空回りしていそうな現在のアプロアだと、薬草の拒否を深刻に解釈されて、友人関係が崩壊してしまうかもしれない。

そうなったら、私は罪悪感でのたうち回ることになるだろう。

………食べるか。

深呼吸をしてから、アプロアが差し出す薬草に手をのばす。

「た、食べるよ」

「どうした？」

薬草を受け取っても、食べようとしない私をアプロアは戸惑ったような表情を向けてくる。

アプロアに、私の苦悩は理解できない。

調理した薬草は日常的なもので、生の薬草を食べるのは珍しいけど、非常事態の応急処置としては標準的なもの。

アプロアたちにとっては、前世でいうところの良薬は口に苦しのレベルで許容可能なマズさなんだと思う。

村長の家の娘で、農奴の私の家よりも豊かな食生活をしているはずのアプロアにとっても、美味しいとは思わなくても拒絶するほどの味じゃない。

私の薬草への拒否感は周囲に共感されることのない、なかなか寂しい孤立で、孤独だ。

無意味な思考で、決断を先延ばしにしてみるけど、手にした薬草を食べないわけにはいかない。

大きく息を吐いて、呼吸を止める。

一気に、山盛りの薬草を口に押し込む。

意識がフっと遠のく。

視界と自我が白いモヤで覆われる。

気を抜いたら、気絶してしまう。

しかし、ここで気絶するわけにはいかない。

気合を入れて、意識をつなぎ止める。

味覚が蹂躙され、嗅覚が蹂躙され、正気が蹂躙される。

のどが食べ切るという私の覚悟と相反するように、猛然と拒絶してきた。

そのまま口のなかの薬草を吐き出しそうになるけど、体に害はないと自分に言い聞かせて、意志の力で口を閉ざしてから、そのまま無理やり飲み込む。

…………最悪だ。

一口、薬草を飲み込むだけで、精神がガリガリと削られた。

良薬は口に苦い？

そんなレベルじゃない。

絶妙だ。

このマズさは、単純に苦いとか、青臭いとかじゃない。

思わず嘔吐しそうになる苦味、爽やかさと無縁の刺すような刺激すら感じる酸味、薄いのにやたらと自己主張している悪意のような甘味、野草を濃縮したような青臭いえぐみが、複雑に絡み合い遠く仄暗い絶望へと誘う。

苦味が酸味を引き立てて、甘味が苦味を引き立てて、それぞれの特徴が相乗効果で増幅され、舌を攻めてくる。

この薬草、新鮮で繊維がしっかりしているから、噛まずに飲み込むことができない。

けど、薬草に歯を立て、噛めば噛むほど、絶妙な甘さをまとった青臭くて、レモンとミントの香りを悪意でかき混ぜたような臭いが、次々と鼻腔に流れ込んできて渋滞するかのように滞留する。

息を止めても無駄だ。

こちらの意志を無視して、臭いを感知してしまう。

そして、薬草を噛めば当然、新鮮なエキスが口内にあふれ舌に広がる。

慣れることも、治まることもない、マズさの無限ループ。

一秒ごとに、マズさで意識が飛びそうになる。

もう、いっそのこと、薬草の完食を諦めようかと思うけど、視線を前に向ければ心配そうにこちらを見守るアプロアがいる。

そんな顔を見せられたら、食べられない……とは言えない。

呼吸を整えてから、気持ちを落ち着ける。

思い込む。

ただ、ただ、思い込む。

自分が薬草を粉砕して、飲み込むだけの機械だと。

無心。

手を動かし、口を動かし、飲み込む。

機械的に、流れ作業のように動く。

味覚と嗅覚が悲鳴を上げる。

心が揺れて、感情が動きそうになるけど、必死に、無心だ、機械だって、自分に言い聞かせる。

逆流させようとする胃や喉の反乱も、無視して意志の力で押し込む。

おそらく時間にして、五分もたっていない。

けど、主観的には、終わることのない永遠の絶望かと思われた。

精神と感覚は摩耗しきっている。

味覚と嗅覚については、機能しているかどうかを確信できない。

ある意味では、私にとってフォレストウルフよりも強敵だったと断言できる。

それでも、なんとか、アプロアの採取してきた薬草を完食できた。

「……アプロア、ありがとう」

真っ白な凪いだ心で感謝の言葉を口にした。

「オレはリーダーだからな、これくらい当然だ」

アプロアは嬉しそうに、笑顔で胸をはる。

さっきまでの思いつめたような表情が、ようやく緩んでくれた。

妥協案

「……悪かった」

突然、村への帰途で、アプロアに謝られた。

「えっと……」

上手な対応ができない。

どう考えても、私にはアプロアから謝罪される理由がないからだ。

現在進行形で、味覚と嗅覚が薬草のマズさの後遺症で、十全に機能していないけど、そのことでアプロアを責めるつもりはない。

なにしろ、薬草は死ぬほどマズかったけど、食べて数分でフォレストウルフに噛まれた左腕の傷の痛みが、歩いた時の衝撃が伝わってもガマンできるレベルにまでなっている。

それなのに、マズい薬草を食わせやがってとアプロアを責めるほど、傲慢でも恩知らずでもない。

むしろ、フォレストウルフと再び遭遇するかもしれない魔境で、薬草を採取してきてくれたことには感謝している。

実際、薬草を食べ終えたときに、感謝の言葉を言っている。

……精神が摩耗しきった状態での言葉だったから、薬草を私に食べさせたことにアプロアが責任を感じてしまったのだろうか？

「アプロアはどうして謝っているの？」

考えてもわからないから、素直に聞いてみた。

「オレ……レベルアップしたんだ」

アプロアが物凄い悲壮な表情をしていたから、どんなことを言われるかと身構えていただけに、少し拍子抜けだ。

「おめでとう」

言いながらも、首を傾げる。

さっきまで噛まれた左腕が痛くて思いいたらなかったけど、アプロアがフォレストウルフに止めを刺したから、彼女のレベルが上がったというのは当然のことだ。

そう、魔物を倒してレベルが上がるのは、この世界では当然のことで悪いことじゃない。

少なくとも、アプロアが私に謝る理由になるとは思えない。

「「おめでとう」」

私に続いて、拾った長くて頑丈な木の棒に血抜きして足を縛ったフォレストウルフを担ぐ、シャードとエピティスの二人もアプロアへ讃辞を送る。

「違う！　良くない」

アプロアは首を振り全身で讃辞を拒絶する。

アプロアの態度に戸惑いながらも、落ち着くのを待ってから話を聞いてみると、フォレストウルフの前足を切り飛ばして負傷しながらも動きを拘束したのは私だから、私がフォレストウルフの経験値を取得するべきだったと、アプロアは思っているようだ。

この世界だと、前世と違ってレベルというシステムがあり、一定以上の強さを持つ生き物を殺すと経験値のようなものを取得して、必要な分だけ経験値が加算されるとレベルが一つ上がる。

もっとも、それなりに狩りの経験があるシャードでも、狩っている対象が魔境以外の森に生息するウサギとかの小動物だと、取得できる経験値が少ないようで、レベル一のままだったりする。

なので、殺せば経験値が加算されるからと、弱い小動物や虫を虐殺しても、簡単にレベルアップしたりはしない。

とはいえ、レベルアップすると身体能力が上昇して、体も頑丈になり、病気とかにもなりにくくなるし、それにトレーニングなどで成長できる能力の上限も上昇する。

恩恵の多いレベルアップだけど、生涯レベル一という人は多い。

というか、大半の人間が生涯レベル一桁だ。

確かに、レベルアップの恩恵は魅力的で大きいけど、リスクも大きい。

この世界のレベルアップは前世のゲームほど優しくなくて、レベルを一から二に上げるのはゴブリン一体倒せば十分だけど、五に上げるためには百近いゴブリンを倒す必要がある。

当然、ゴブリンとの戦いでミスれば死ぬこともあるし、四肢を失うような重傷を負うケースも珍しくない。

魔法のあるファンタジーな世界だから、四肢の欠損などを回復する手段はあるけど、誰かに回復してもらうなら高額の資金や伝手、自力で回復するなら一流と呼べるような魔法などの実力が必要となる。

ゴブリンを相手にして、重傷を負ってしまうような初心者だと、どちらにしろ回復は絶望的だ。

前世よりも人権の観念が希薄で、社会的なセーフティネットが脆弱なこの世界だと、そんな重傷を負ってしまうと、大げさや冗談でもなく人生が本当につむ。

そして、レベルアップで能力などが上昇する恩恵があるといったけど、一や二とかのレベルアップだと増加量は微々たるものでしかない。

それぐらいの上昇幅なら、わざわざ死ぬリスクを背負わないで、筋トレとかして補ったほうがローリスクでいいと考える人々が大半だったりする。

だから、この世界でレベルアップはいいことだけど、戦闘や戦争を生業にしている者でもなければ死に物狂いで求めるものじゃない。

なので、私はアプロアがレベルアップをしても、おめでとうと思っても、うらやましいと思う理由が見当たらない。

むしろ、個人的な動機で魔境に誘って、そのことを隠しているのに、アプロアが罪悪感にさいなまれていると、逆に心苦しくなる。

それに、この世界のレベルアップのシステムが、止めを刺した一人に経験値が行くようになっているから、複数人で戦闘に参加しても一人しかレベルアップしないのは仕方がない。

まあ、前に傭兵の経験がある村長が話してくれたけど、傭兵や冒険者だと経験値の多そうな大物を倒すときに、誰が止めを刺すかでモメて殺し合いに発展してしまうこともあるそうだ。

………村長の娘であるアプロアは、村長からそういう話を私たちよりも聞かされていたから、経験値の取得に対してナーバスになっているのかもしれない。

将来的には私もレベルを上げたいとは思うけど、すぐに上げたいわけじゃないから、フォレストウルフの経験値については、特に欲しいとは思わない。

それに、私、シャード、エピティスの三人は農奴だ。

一緒に戦闘した農奴が、村長の娘を差し置いてレベルアップしたら、それはそれで問題になる。

もちろん、アプロアは私たちにとって大切な友人で、村長もそんなことを気にするような器の小さい人物じゃない。

けど、そういうこととは関係なく、村には農奴は平民の下という不文律というか、暗黙の了解がある。

そんな村で、子供の農奴が村長の娘であるアプロアと一緒に戦闘をして、アプロアを差し置いてレベルアップしたと知られたら、良くて平民から白い目を向けられて、最悪の場合は他の農奴も巻き込んで村八分にされてしまう。

他の農奴が平民に同調しなかったとしても、平民と農奴の間に現状よりも明確な不和が発生してしまうかもしれない。

そうならないためにも、偶然だけどフォレストウルフを倒してレベルアップしたのがアプロアなのは運が良かった。

とはいえ、そういう説明をアプロアにするわけにはいかない。

なにしろ、この四人のなかでアプロアが身分を一番気にしている。

平民や農奴という生まれで、人を差別するのはよくない、というアプロアの心根は美徳だ。

農奴である私、シャード、エピティスも、アプロアに理不尽にイジメてくる平民の子供たちから守ってもらったことがあって、間違いなくアプロアには感謝している。

けど、そんなアプロアだからこそ、村長の娘であるあなたがレベルアップしたから、住民から村八分にならないですみました、なんて説明はできない。

そんな現実的な説明したら、アプロアは泣いてしまう恐れがある。

一生もののトラウマかもしれない。

自分の信条と現実のズレの大きさを知って、グレてしまうかもしれない。

なので、悲壮な表情を浮かべているアプロアに、現実的な説明で納得してもらうというプランは破棄する。

しかし、だ。

そうなると、実現性の高い妥協案が必要になる。

とはいえ、八歳で、身分による差別を嫌い、リーダーとしての責任感があるアプロア。

尊敬できる友人だけど、レベルアップの罪悪感から解放するのは難しいかな？

どうしたものか。

罪悪感で表情を曇らせるアプロアと、そんな友人の心を軽くできない自分から、意識をそらすように、視線を上に向けてみた。

………黒玉だ。

視線の先には、枝になるいくつもの黒玉。

アプロアに黒玉を持ち帰りたいから、協力してくれと言えば、レベルアップの対価として彼女は納得してくれるだろうか。

……それだけだとレベルアップの対価としては、少し弱いかな。

黒玉から油を搾りだして、料理に使うまで協力してもらったほうが、アプロアの罪悪感が減るかもしれない。

というのも、アプロアの母親であるクトーラさんは、料理に関するスキルを持っているらしいので、初めて見る食材でも、毒があるかどうか、どのように調理すればいいのかが、なんとなくわかるらしいのだ。

だから、アプロアの口添えで、黒玉から油が搾れるかとか、あるいは私の持っている黒竹のタケノコを食べれるかどうか、クトーラさんに見てもらえると大変ありがたい。

実は負担になるから、今回は置いていったほうがいいとアプロアに諭されたけど、私の鋼の意志で掘り出した黒竹のタケノコを持ち帰っている。

負傷しているのに、どうしてそこまでこだわるのかと、三人から不思議そうな……あるいは残念な者を見るような視線を向けられたような気がするけど、気にしないし、気にしていられない。

なにしろ、このタケノコを持ち帰らなければ、食べられると証明することすらできなくなるかもしれないからだ。

フォレストウルフが魔境の浅い領域に出現したことで、戦闘スキル持ちでも子供だけで魔境に行くことが安全のために禁止されるかもしれない。

まだ、確定しているわけじゃないけど、今後は子供が魔境に行くことを禁止される可能性は十分にある。

村の常識で考えれば、フォレストウルフの出現する領域に、戦闘スキルがあるとはいえ子供だけで行かせないようにするのはしょうがない。

多分だけど、フォレストウルフが魔境の浅い領域に出現したことについて、村長を中心とした村の戦闘力トップのメンバーが調査して、今回のフォレストウルフとのエンカウントが例外的なできごとで、頻発するものじゃないとわかれば、子供だけで魔境の浅い領域を探索することを再び許されるだろう。

けど、そうならない可能性もなくはない。

そうなったら、私には大人になるまで、魔境に足を踏み入れることができなくなる。

それは、ここでタケノコを捨てたら、数年間はタケノコと再会できないということだ。

けれども、このままタケノコを村まで持ち帰って、食べられると証明して美味しいとわかれば、私が魔境に行くことを禁止されても、我が家の食卓にタケノコが並ぶ可能性の芽を残せる。

そのためにも、このタケノコを村に持ち帰って、クトーラさんに食べられると見極めてもらう必要がある。

けど、相手は村長の妻でもあるので、農奴の子供が軽々しく食材を調理してくれと頼むわけにもいかない。

相手が不快に思うというよりは、農奴が村の最高権力者の妻にお願いするのを、平民たちが不快に思うかもしれないということだ。

面倒なことだけど、農奴である私の希望でタケノコをクトーラさんに見てもらうんじゃなくて、村長の娘でもあるアプロアが自分の母親にお願いする形のほうが、後々に問題になりにくい。

ということで、うつむくアプロアにお願いする。

今後の食生活改善のために。

罪悪感と試食

罪悪感で、体中の血液が凍り付いてしまいそう。

贖罪の気持ちで、胃が握りつぶされる。

「も、む……でっ……」

母、トルニナの明確な言葉にならない、けれど明確な感情のこもった嗚咽のような声が耳に届くと同時に、頬を叩かれた。

私が幻となって消えてしまうんじゃないかって不安に思っているかのように、強い力でかすかに震える母に抱きしめられる。

フォレストウルフに噛まれた左腕への配慮もない、力任せの抱擁だから、傷口が自己主張をするようにわめく。

けど、響き渡る左腕の痛み、そして叩かれた頬のジンジンとする痛みもどこか遠くて朧気だ。

怒られるとは思っていた。

当分、薬草が増量されることも覚悟してた。

けど、
だけど、
まさか、泣かれるとは思ってもいなかった。

タケノコとか、黒玉とか、執着していたものが、彩度を失って色あせていく。

徐々に、
徐々に、
後悔が心を染め上げ、漆黒の大海のように広がっていく。

いまさらだけど私は前世を思い出してから、今の家族とあまり向き合ってこなかった。

どこか、距離や壁をつくって、理解を深めようともしない。

そんなことよりも大切だと思い込んだ、私の心を満たす斧に夢中だった。

母から毎日のように叱られても、叱られても、叱られても、どこか他人事でしかない。

それよりも薪割りが重要で、斧スキルを成長させることが全てだった。

叱られるたびに、心配されているって頭では理解していたけど、心で理解できていない。

いや……そもそも真剣に母の気持ちを理解をしようとしていなかった。

前世の記憶を思い出したことで、私は斧という一生懸命になれる喜びが手に入った。

けど、それから、私は周囲に向き合おうとしていない。

母を含む家族に、向き合ってこなかった。

どこかで勝手に、自分のことを前世の延長のつもりで一人前の大人なんだって思い込んで、それでも母と父の子供なんだって自覚が欠落している。

だから、無茶をして叱られても面倒だって感じて、その無茶で誰かが悲しんでいるだなんて想像しようともしていなかった。

正直、心は真っ白でどうしたらいいのかわからない。

広がる後悔は深い、けれども、それでも、燃えるような食への執着は小さくなっても、斧を極めるという欲望だけは、そこにある。

こんなにも、家族を悲しませているのに、それでも捨てられないものがあるのかと、自分のことなのに少しだけ感心してしまう。

前世の私には、人を悲しませても、捨てられない欲望なんてなかった。

だから、自己嫌悪を覚えつつも、少しだけ新鮮だ。

ただ、母への罪悪感がある一方で、父への罪悪感はない。

というか、現状、私の中で父の評価が暴落している。

母が泣いた場面に、父のスクースもいた。

だから、アイコンタクトで父に救援を頼んだけど、父はオタオタしながら、村長を中心としたフォレストウルフの出現に関する魔境を調査する一団に加わって、取り乱す母を放置して逃げ出した。

寡黙だけど、子煩悩で、頼りになる父だと思っていたけど、現状の母から逃げ出したことで、私のなかの父の評価は下がりきっている。

まあ、母を悲しませた原因は私だから、父に期待するのは違うのかもしれないけど、自分の父親はもっと頼りになると思っていた。

これも、家族としてのコミュニケーションをおざなりにしていた弊害なのかもしれない。

とにかく、私は心の中でこれから父に過度な期待はしないと密かに誓った。

そうやって、私は父への評価を下げる思考をして、目の前で泣いて悲しんでいる母から現在進行形で現実逃避を実行している。

「はい、できたよ」

様々な料理の乗った大きな木皿を持った、どこかアプロアに似た印象の女性の登場で場の重い空気が揺らぐ。

彼女はアプロアの母で、料理を得意とする村長の妻クトーラさんだ。

ここは村長の家で、村長に良識があるからといって、農奴としては粗相をしないように緊張をするはずなんだけど、母はそんなことも気がまわらないほど、感情が振り切れてしまったのだろう。

そう認識すると、追い打ちの罪悪感で、胃が痛くなる。

「て、手伝います」

目もとをはらしたままの母が、村長の妻であるクトーラさんを働かせて、農奴の自分がなにもしないのはまずいと思ったのか、そう申し出るけど、

「これぐらい大丈夫だから、休んでな」

「でも……」

「そんな精神状態で、動いても皿をひっくり返すだけだって」

「……すみません」

母が元気なくうつむく。

いつでも明るくて元気な母しか知らなかったから、母も傷ついて落ち込むんだって当たり前のことを見せられて、罪悪感の針でチクチクと心をさらに刺激される。

「だから、気にしないの」

髪を長くしたアプロアが大人になったら、こんな感じなのかと思わせる外見のクトーラさんは、農奴である母や私が近くにいても気にしていないようだ。

平民の村人のなかには、あからさまな嫌悪感や拒絶感はないけど、農奴が近くにいると嫌そうな気配を放つ者も少なくない。

そう思うと、やっぱりクトーラさんはアプロアの母親なのだと感心する。

すぐに、黒玉やタケノコの試食になるのかと思ったけど、母とクトーラさんの会話が始まってしまった。

この度はうちの息子が迷惑をとか、うちの娘も自分の意志で魔境に行ったから気にしないでとかの会話の応酬。

クトーラさんと話しているうちに、母の表情も元気なものに変わってきて、それはいいんだけど、私としては、それ以上にテーブルに置かれた木皿の上に盛り付けられている料理に心が奪われる。

あれだけ、罪悪感で満たされていた思考が、料理の味への期待で覆いつくされてしまう。

だって、仕方がない。

木皿に盛り付けられた料理からは、私の食欲を刺激する良い匂いがしてくる。

「息子さん、この料理が気になるみたいだし」

「まったく、この子は……すみません」

食欲を抑えきれない私が恥ずかしいのか、母は顔を赤くして私の頭をはたく。

痛いけど、痛くない。

さっきまでの罪悪感を刺激するビンタに比べれば、はるかに強く叩かれたけど、心は痛くない。

むしろ、日常に回帰したかのようで、かすかに落ち着く。

「いいの、いいの、気にしないで。むしろ、私は嬉しいんだから」

クトーラさんが言うには、村長やアプロアたちは、彼女が限られた食材と限られた調味料のなかで創意工夫をこらした料理を食べても、特に美味しいとかの感想とかがなくて、料理を作っても張り合いがないそうだ。

「食べ物なんて、腹が満たされれば、味なんてどうでもいいし」

一緒のテーブルについているアプロアが、目の前の料理に対して本当にどうでもよさそうに言う。

うらやましい。

ナゾイモと薬草以外の食料に乏しい辺境の村で、アプロアの食事への価値観は、ある意味で正しいのかもしれない。

とはいえ、今はこの状況に感謝だ。

フォレストウルフに止めを刺してレベルが上がったのがアプロアでよかった。

村長だけじゃなくて、クトーラさんも気さくだけど、農奴を家に招いて料理をふるまうことは、集会とかの例外をのぞけばほぼない。

だから、アプロアにレベルアップの対価として、クトーラさんに魔境から持ち帰った食材の調理を頼んだのは幸運だった。

アプロア、シャード、エピティスの三人も一緒に、前世でのいただきますに該当する、この村で一般的な神々と皇帝陛下への感謝の言葉を口にして、木皿に並べられた料理に手をつける。

まずは、やや灰色っぽくて少し違うけど、前世でよく食べたフライドポテトにそっくりなナゾイモのフライを口に運ぶ。

サクッとした軽やかな食感が口で響き渡る。

これはフライドポテトとは違う、別の料理だ。

でも、マズいわけじゃない。

むしろ、美味しい。

フォレストウルフの肉には及ばないけど、前世の食事にも劣らないレベルの美味しさだ。

というか、手が止まらない。

次々に、ナゾイモのフライが口のなかへと消えていく。

手も止まらないけど、口も止まらない。

少し歯ごたえはナゾイモフライのほうがしっかりしているけど、食感はほぼスナック菓子だ。

けど、前世のスナック菓子ほどのクドさはない。

黒玉から採れた油で揚げたからなのか、揚げ物特有のコクはあるけどスッキリしていて、後味も重くなくて、むしろ、さわやかな切れのある清涼感すら感じる。

それも、ミントやレモンなどで付け足した清涼感と違って、味に不自然さがなくていい。

魔境で黒玉を食べたときは、苦みや渋みが強かったけど、油にするとそういった面はあまり感じない。

それに、絶妙な加減でかかっている塩がいい。

農奴も口にする料理なのに、それなりに貴重な塩をちゃんとクトーラさんは使ってくれている。

それが、濃すぎず、薄すぎず、食べ続けるのに、ベストな塩加減でいいのだ。

美味に支配された頭が、幸福な満足感を得ると徐々に、理性を取り戻し始める。

村長の妻でもあるクトーラさんの前で、がっつくように食べて失礼だったかと、恐る恐る視線をテーブルを一緒にしている他のメンバーに向けるけど、そこにはナゾイモフライを一口食べて停止している面々がいた。

「ファイス、これはなんだ」

手に持つナゾイモフライを凝視して動かない、真顔のアプロアが微妙に怖い。

これも一種のカルチャーショックだろうか？

時々、ナゾイモだけじゃなくて、パンも食べているアプロアでも、ナゾイモフライの味に衝撃を受けたようだ。

「イモだね」

応じる私もアプロアとナゾイモフライの美味しさを共有できたようで、嬉しくなる。

「そうだけど、そうじゃない」

「もっと言うなら、黒玉の油で、揚げたイモだな」

アプロアの様子をみると、この村で黒玉の価値は認められそうだ。

エピティスとシャードの二人がフォレストウルフの死体をかついで帰ったことで、村は蜂の巣をつついたような騒ぎになって、村長を筆頭に色々な村の大人に聞き取り調査をされたけど、黒玉とタケノコの価値について大人たちは懐疑的だった。

黒玉から油が採れるかもしれないと、主張したけど子供のざれごとと見なされてしまったように思う。

でも、魔境でのお願いが効いたのか、アプロアが率先してクトーラさんに黒玉から油が採れるか試してくれとお願いしてくれた。

まあ、アプロア自身も本当に黒玉から油が採れると信じていたわけじゃない。

それでも、クトーラさんへと真剣にお願いしてくれた。

村長たちの雰囲気を考えるに、私が単独で黒玉から油を採ってくれと動いても、この村の大人たちは取り合ってくれなかったと思う。

そうなると、仮に黒玉から油を搾れても、調理器具は大人が管理しているので、揚げ物に使わせてもらえなかったかもしれない。

そう考えると、フォレストウルフに止めを刺してレベルアップしたのが、アプロアなのは色々と運が良かった。

「それは、そうなんだけど、そうじゃないんだ」

「どうした？」

「わからない」

「え？」

「この感覚がわからない。この感覚はなんだ？」

「感覚？　その揚げたイモが美味しいってこと以外に、なにかあるの？」

アプロアの戸惑いの理由がわからなかったから、ストレートに聞いてみた。

「美味しい……これは美味しいのか？」

「は？　私は美味しかったけど」

「そうか……これが美味しいか」

なんども、これが美味しいかとつぶやきながら、アプロアは確かめるようにナゾイモフライを口に運ぶ。

「ハハハ、アプロアが私の料理を美味しいって言うのは珍しいね」

クトーラさんの言葉に、照れているのかアプロアは沈黙で応じる。

「…………」

「この子のことは置いておいて、良かったらこっちも食べてよ」

そう言って、クトーラさんが置いた木皿には、よく見かける緑色の物たちが鎮座していた。

「これは？」

「薬草を揚げてみたんだ」

「へぇ、薬草を…………薬草、ですか」

「そう、どんな感じになるか気になるんだよね」

そうは言うけど、クトーラさんは自分で色々な種類の薬草の素揚げに手をつけようとしない。

クトーラさんの目が語っている。

味見して、と。

クトーラさんの料理の腕を疑うわけじゃないけど、できれば薬草料理の一番手は遠慮したい。

けど、なぜだろう？

この場にいる全員が私に注目している。

アプロア、シャード、エピティスは友人で、愛されていると確信できる母、親しくて信頼できる人間ばかりなのに、理不尽な同調圧力を感じてしまう。

場の雰囲気は、私が味見して感想を言うのを待っている。

薬草料理だから一番乗りで味見するのは遠慮したいけど、無理そうだ。

小さく深呼吸をして、覚悟をきめる。

「…………じゃ、食べさせていただきます」

一礼してから、ほとんど素揚げした山菜のような見た目の揚げた薬草を、ゆっくりと口に運ぶ。

強烈な味と匂いに蹂躙されると、色々と内心で覚悟する。

けど、覚悟は無意味になった。

良い意味で私の未来予想は裏切られる。

確かに、薬草特有の苦味や清涼感が、口に広がっている。

けど、生や、ゆでたときに比べて、魂から呼び起こされるような拒絶感はない。

というか、嫌じゃない。

普通に食べられる。

薬草特有の味や匂いはあるけど、少しクセの強い山菜レベルに収まっている。

やっぱり、美味しいというレベルの味じゃない。

けど、食えない味じゃない。

薬草の味に、拒否感の強い私でも食べれる。

というか、酒のつまみによさそう。

ああ、ビールが飲みたい。

「薬草なのに、食べやすいです」

「そうか……じゃ、こっちはどうかな」

ほっとした表情をしたクトーラさんが、次に並べた木皿には刺身くらいの大きさに切り分けられた黒い物体が盛り付けられた。

「……これは？」

黒玉の薄切りに見えなくもないけど、色合い的に濃淡のある黒が少しグロテスクで美味しそうには見えない。

「君が持ってきた、タケ……ヌコ？」

「タケノコですね」

「そう、それをゆでてみたの」

「そうですか、ならさっそく」

木皿に並べられた黒い薄切りは見た目よくはないけど、これがタケノコと聞いて心の内にある恐怖心と嫌悪感を強引に追いやり口へと運ぶ。

「これは……」

口から脳へと駆け抜けたのは、予想外で衝撃的な味。

口に入れるまではタケノコの水煮の味を予想していた。

けど、結果はまったく違く味覚だった。

でも、これは体験したことのない未知の味じゃない。

「えっ……マズかった？　ダメそうなら無理に食べなくても」

あまりのマズさで私が固まったと勘違いしたクトーラさんが声をかけてくる。

「いえ、マズいわけじゃなくて、予想外の味だったので」

「そう、無理はしないでね」

このタケノコがマズくないという評価が信じられないのか、クトーラさんは心配しているような表情を浮かべている。

「ええ、大丈夫です」

そう、大丈夫だ。

この黒いタケノコは味にも食感にも問題なかった。

でも……無性に米を食べたい。

ラーメンでもいい。

というか、むしろ、ラーメンと一緒に食べたい。

なにしろ、このタケノコの味は前世のメンマとほぼ同じだったから。

塩とかの調味料なしで、漬けることもなく、掘って煮ればメンマになるタケノコ。

実に素晴らしい。

この味が村で広がって、タケノコの味が認められれば、ナゾイモや薬草と同じように農奴の食卓にも、日常的に並べられるかもしれない。

村長たちによる魔境への調査結果によっては、子供の魔境への探索が禁止される可能性がある。

できれば、自分でタケノコを採取したいけど、タケノコの味を知って大人たちが薬草と同じように採取してきてくれれば、ナゾイモと薬草だけの食事から解放される。

竹林で修業

あれから一か月ほどが経過して、私は魔境で黒竹の前に立っている。

徐々にだけど、食卓からゆでただけの料理と認めたくない味の薬草たちを駆逐することに成功しつつあるといえるだろう。

まだ、黒玉の安定した確保ができていないから、ときどきゆでただけの薬草やナゾイモが食卓に並ぶこともあるけど、揚げた薬草とナゾイモの味を知ってしまったら、誰もが元の苦行のような味の食事には戻れないと断言できる。

希望のある話だ。

……けど。

……だけど。

…………なぜだろう？

本気でわからない。

斧を極めることや食への欲求は現在進行形で強いけど、母であるトルニナを泣かせてでも強行することじゃない。

だから、村長たちの魔境の調査が終了して、子供たちの魔境探索が許されても、しばらく私は自制しようと思っていた。

なのに、魔境探索が解禁された数日後には、私、アプロア、シャード、エピティスの四人は黒竹の竹林にいる。

解禁直後に、魔境に突撃したフォールたちを追うように、アプロアから魔境探索を誘われていたけど断っていた。

焦りや渇望がなかったわけじゃないけど、数か月は斧の修業をガマンできると思っていた。

そしたら、昨日、母から子供が無理するんじゃないと怒られ、ここにいる。

なぜだろう。

母がわからない。

親子関係の再構築を目指して、積極的な会話をこころみているけど、成果はないように思える。

斧の修業をしたら無理をするなと泣かれ、斧の修業をガマンしたら子供が無理するなと怒られるのは理不尽じゃないだろうか？

親子関係の正解は、どこにあるのだろう。

まあ、でも、よく考えれば前世の両親とも私は良好な関係が築けていたとは言い難い。

仲が悪かったわけじゃないけど、なに一つ親の意見に反発することも、ぶつかることもなく、言うことに従うだけの関係。

そんな関係に、信頼や理解が芽生えるわけもない。

私が前世の両親の趣味や嗜好を理解していないように、両親にとっても私は言うことは聞くけどなにを考えているのかよくわからない子供だったことだろう。

親子関係、構築の正解がわからない。

わからないので、一時的に、意識の外に棚上げする。

今は目の前の黒竹に集中するとしよう。

現実逃避の四文字が脳裏に浮かぶけど、気にしない。

目に映るのは、色が黒いだけの竹だ。

魔境に生えている植物だけど、虹色に輝くとか、炎を生み出すとか、叫び声を上げるとかのファンタジックな奇怪さはなく、直径が一メートルを超えるほど太いわけでもない。

標準的な太さの竹。

体を大きくひねり、赤いゴブリン銅製の斧を振りかぶる。

引き絞った弓のように、極限まで体をひねったところで、一度静止。

息を大きく吸って、ゆっくりと吐いて、その間に意識を徐々に斧を振るうことへと、没入させていく。

吐き切ったところで、息を止める。

黒竹の切るべき一点に集中。

この小さい体に蓄積されたエネルギーを開放する。

しかし、一気にすべてを開放するわけじゃない。
順序良く、的確に開放する。
重要なのはタイミング。
重心移動、体のひねり、位置エネルギー、斧の遠心力、それらを完璧に接続する。
ただのエネルギーの伝達じゃなくて、動作を連続で接続することで強化。
それが、理想。
けど、目の前には現実がある。
私の一撃は黒竹の表面を傷つけただけで終わった。
切れなかった黒竹が私を笑うように、左右にしなる。
うっとうしい。
すぐに伐採して黙らせたくなる。
しかし、このしなりは問題だ。
私が斧を振るい続けてきた薪は不動。
この竹のようにしなったりしない。
けど、魔境に生えていようとも、竹は竹だから力が加われば当然のようにしなる。
私の振るった斧が竹に接触した瞬間から、しなって力を逃がして耐えた。
まるでバネのようで、やりにくい。
しかし、一方で、この黒竹を絶対に切れないとは思わなかった。

的確なタイミングと力の伝達で、現状の私でも切れそうだと感じる。

少なくとも、硬すぎて私の体格、レベル、装備だとどうにもならないという感じじゃなかった。

まあ、その的確なタイミングや力の伝達が、恐ろしく高難度なんだけど。

次は、成功の感覚をつかむためにも、斧スキル全開でやろうか、それともしばらくは黒竹のしなる独特の特徴をつかむためにもスキルなしで挑戦してみるか。

……………どうしたものか？

「なあ、ファイス」

思考を止めて、声をかけてきたアプロアのほうを向きながら応じた。

「……はい、どうしました？」

「黒竹も食えるのか？」

「は？」

一瞬、アプロアがなにを言っているのかわからなかった。

黒竹を食べる？

どこからそういう話になったのだろう。

「うん？　ファイスは黒竹を食べるために切るんじゃないのか？」

アプロアに冗談じゃなくて、真顔で言われるから困る。

彼女のなかで、私は食いしん坊キャラが定着しているのかもしれない。

なんとか、その認識を覆したいと思うけど、ここ最近の発言や行動を思い返すと難しそうだ。

「……ああ、違います。黒竹を食べるつもりはありません。まあ、切った黒竹には色々と利用方法がありそうですけど」

とはいえ、素材としての黒竹が欲しくて、伐採に挑戦しているわけじゃない。

斧スキルを成長させるのに、手ごろそうだから、黒竹を切ろうとしてみただけだ。

………なるほど、アプロアたち三人が、タケノコを確保するために鍬を振るっているときに、タケノコに執着していたはずの私が、タケノコじゃなくて黒竹に向かって斧を振るっていたら、奇妙に見えたのかもしれない。

「変な言い方するんだな。黒竹を手に入れるために切ろうとしてるんじゃないのか？」

「えっと、斧スキルを成長させたくて」

「斧スキルの成長？」

アプロアが不思議そうに首を傾げる。

なにが、不思議なのかと思うけど、少し考えて思い出す。

スキルとは、数日や数か月という短い期間で成長するものじゃなくて、年単位で練習や実戦を経験することで成長するものだというのが、この村での常識。

私のように、スキルが短期間で成長するのは例外だと思われている。

アプロアにとっても、スキルは短期間で成長する物じゃないと考えているようだ。

なので、自分なりのスキルを成長させる修行法と理屈を説明してみる。

けど、これは善意の発露というわけじゃない。

どちらかといえば、汚い大人の打算にまみれている。

これで上手く私の理屈に、アプロアたちが納得してくれれば、魔境での黒竹の伐採がはかどるかもしれないからだ。

今回のように、タケノコが目的の三人がタケノコを掘っている間だけ、斧スキルを成長させるために時間にせかされるように黒竹に斧を振るわなくてもよくなるかもしれない。

私の理屈に納得して、同調してくれたら、魔境に行く目的がタケノコ掘りじゃなくて、スキルを成長させるために黒竹を伐採することになる可能性は十分にあるだろう。

けど、私の説明を聞いた三人の表情は、半信半疑と主張している。

それでも、完全に否定しないのは、私の斧スキルが三で、ここにいる四人のなかで一番成長しているからだろう。

なので、目の前で実演して見せる。

「ふぅ――――」

適当な黒竹の前で、大きく息を吐いて意識を斧を振るうことに没入させていく。

視線を斧を振るう一点に集中する。

雑多な思考や、周囲で見ている三人の視線や存在も意識の外に追いやり、斧を振るうことだけに傾注していく。

斧を大きく振りかぶり、体を限界までひねる。

姿勢を維持しながら、斧スキルの求める体の制御に素早く反応するのに備えて、つま先から指先まで緊張を緩めて脱力。

斧スキルを全力で起動。

ゴブリン銅の斧が、空気を切り裂き鋭く鮮やかな赤い軌跡を描く。

そこに私の意志など欠片も反映されていないのに、スキルに従順な人形のごとく、体が遅滞なく動き、力が淀みなく伝わり、一切の無駄をなくした一撃へと昇華し、バネのようなしなりによる抵抗を許すことなく黒竹を切る。

切った黒竹が、静かに地面へと伏せていく。

「……切れた」

言葉にしたのはアプロアだけだけど、三人とも私が魔境の植物である黒竹を一撃で切ったのを驚いているようだ。

けど、これで終わりじゃない。

むしろ、私の練習はここからが重要になる。

軽く息を整えたら、別の黒竹の前に行く。

体をひねり、斧をゆっくりと振りかぶり、静止する。

深呼吸しながら、かすかに心の奥で本当に黒竹を切れるのかという灰色のささやきを無視して、意識を斧を振るうことに没入させていく。

けど、常に脳裏にはさっきのスキル全開でやった一撃の余韻を再生させる。

一度、脱力してから、斧を振るうモーションだけじゃなくて、重心移動から、関節の動きまで、コンマレベルのタイミングと、ミリ以下の精度を追求していく。

繰り返し、繰り返し、繰り返し、仮想した理想とする動作を脳裏で再生させて、スキルの力がなくても再現できると思い込む。

斧を振るう動作を開始すると、すぐに絶望的な気分になる。

想像通りの軌道をなぞらない斧。

噛み合わない力の接続、発生させた力を無駄にし続けるのを自覚できてしまう。

客観的に見れば、動作を九割以上再現できている。

違いはわずかだ。

でも、結果は、残酷なほど明確だった。

赤いゴブリン銅の斧をめり込ませながらも、ゆれながら自立している黒竹。

忌々しい現実だ。

でも、一回目にスキルなしで振るったときよりも、斧を深く黒竹にめり込ませることに成功している。

魔樫を伐採している父の大変だという愚痴交じりの自慢話を聞いていたけど、それに比べると、この黒竹は、魔境に自生する植物として、そこまで頑丈じゃないようだ。

それでも、スキルに頼らない私の一撃だと黒竹の伐採にいたらない。

すぐに、次の一撃を振るいたいけど、三人にスキル修業の説明をする必要があるからガマンする。

「……なあ、いいのか？」

アプロアが聞きにくそうに言う。

「なにが、です？」

「この修行法だ」

「これくらいのこと、友達に教えることに問題がありますか？」

確立されたわけでも、明確な理論で証明されたわけでもない、子供の考えた強くなれる修行法。

特に、秘密にする理由がない。

もっというなら、アプロアたちが実践して、スキルが上がれば私の修行法に間違いないと確信できるので、より自信をもって修業ができる。

でも、これで効果がなかったら、どうしよう。

三人から非難されることはないと思うけど、斧の修行法を見直さないといけなくなるから、それがきついかな。

「そうか……なら、いいんだ」

黒竹の前に立ったアプロアが、タケノコ掘り用に持っていた鍬から、片刃の大剣に装備を切り換えて、なぜか難しい顔をしたたま静かに構えた。

前回、魔境にきたときとアプロアの装備はほぼ同じだけど、革製のベストがプラスされている。

四人で狩ったフォレストウルフの皮で作られたベストだ。

実のところ、このフォレストウルフの皮の扱いで、少々もめた。

まあ、もめたというより、アプロアが受け取るのを嫌がっただけなんだけど。

シャード、エピティスとも相談したけど、フォレストウルフの皮は、アプロアが持つべきだと最終的には結論が得られた。

けど、アプロアとしては、一番負傷した私か、四人で均等にわけると言い張ったから、皮はいらないからフォレストウルフの肉の配分を多くしてくれということで、なんとか納得してくれた。

実際、皮よりも食べて美味しい肉のほうが個人的には嬉しい。

このときの肉の配分で食べられる内臓もわけてもらったんだけど、前世で食べたレバーやホルモンほどのクセはないけど他の部位の肉とは違った食感や香りで、実に美味しかった。

まあ、嬉々としてフォレストウルフの内臓を食べる私は両親や友人たちから奇異に見られたような気がするけど、うん、気のせいだ。

仮に、私、シャード、エピティスの農奴組の三人がフォレストウルフの皮をもらっても、有効活用できるとは思えない。

確かに、農奴組の三人でも衣服、手袋、サンダルなどに加工して活用できるけど、加工費用がそれなりの負担になる。

それに、せっかく加工しても、一年ぐらいで使えなくなるだろう。

フォレストウルフの皮が脆弱とかじゃなくて、単純に体形が成長途中だから、一年後には必然的にサイズが合わなくなる。

農奴の子供にとっては、費用対効果が悪い。

それなら、特にコストもいらない肉の方が美味しくて嬉しいというのが、農奴組の真実だろう。

それに、農奴の子供が、革製の衣服などを身に着けていたら、平民との間でもめはしなくても妬まれたりと、不必要なヘイトを集めることになるかもしれない。

だから、アプロアがフォレストウルフの皮を受け取ってくれたのはありがたかったりする。

アプロアが黒竹に向かって踏み込むと同時に、赤い一陣の風が舞う。

「切れた」

アプロアの言葉通り、黒竹は伐採されて、地面に倒れる。

「次は、スキルなしでやるんだな」

「ええ、そうです」

「………なあ」

「なんです」

「スキルって、どうすれば使わないですむんだ？」

困った顔で聞いてきたアプロアの言葉が、すぐには理解できなかった。

「はい？」

自発的にスキルをオフにすることができない。

私の修行法が正しいかどうかよりも、前の段階で問題が発生した。

どうしたものだろう。

竹林で試行錯誤

「ダメだ」

アプロアがイラ立ち気味に吐き捨てた。

彼女の前には大剣の一撃で切られることなく黒竹が、左右にゆれて自己主張をしている。

これは色々と酷い。

アプロアの言うようにダメだ。

黒竹にゴブリン銅製の片刃の大剣を振るってはいるけど、これが効果的な修行法とはどう見ても思えない。

剣スキルのアシストなしで剣を振るう。

言葉にすると簡単なことが、実行しようとすると難しい。

あれから、なんとか試行錯誤をしてアプロアは剣スキルをオフにしたまま大剣を振るえるようになったけど、ほとんど適当に剣を振り回しているようなものだ。

意識の大半をスキルをオフにすることに割いているから、どうしても体の制御が雑になる。

でも、これだとダメだ。

私の修行法は、スキルをオフにして剣を振り回せばいいというものじゃない。

スキルによる体の制御と動作を覚えて、スキルなしで再現しようとするものだ。

このまま回数をこなしてもあまり意味があるとは思えない。

「ゆっくりとスキルが発動しない速度で剣を振るって、徐々に剣を振るう速度を上げてみたらどうかな?」

私も、スキルをオフにすることにてこずったけど、ここまでじゃなかった気がする。

アプロア、シャード、エピティスの三人は、私よりも先にスキルを習得していた。

それは、三人がそれだけスキルを起動することに慣れているとも言える。

そして、この村の常識として習得して使えるようになったスキルをオフにするという考えはないようだ。

「ゆっくり、か」

アプロアがゴブリン銅の赤い大剣を黒竹に向かって、ゆっくりと振るう。

「スキルは起動しますか?」

「いや、しない。速度を上げるぞ」

アプロアが、何度も大剣を振るう。

黒竹を切った、スキル全開の一撃に比べればかなり遅い。

けど、スキルをオフにすることへ意識を割くことで、乱雑に大剣を振るっていた先ほどまでの一撃よりも、修業として意味があるような気がする。

何度も、何度も、何度も、振るう大剣の速度も徐々に上がり、鋭い風切り音を奏でるようになった。

アプロアの動きが、静止する。
「次は、全力で振るう」
宣言をしてか、ゆっくりとアプロアは大剣を振りかぶる。
「ハァッ！」
でも、わかってしまう。
気合の入った声と共に、アプロアは大剣を振るう。
私は剣スキルを習得していないけど、それでもわかってしまった。
彼女の一撃は、黒竹を切れないと。
「ッチ」
アプロアの舌打ちと同時に、黒竹がしなって拒絶の音を響かせる。
けど、アプロアは止まることなく、再び大剣を振りかぶった。
見てもわかる。
彼女が剣スキルを起動させたと。
大剣が振るわれる。
先ほどとは、動きが違う。
大剣が描く軌道の鋭さ、大剣を振るう体の無駄を感じさせない流麗な動き。
当然のように、黒竹は切り倒される。
アプロアはそのまま別の黒竹の前に立ち、大剣を振りかぶった。

再演。

あるいは再現。

直前に、スキルのアシストで振るった大剣の軌道を、アプロアの斬撃が見事に重なる。

「クソッ」

アプロアの一撃は黒竹を切った。

けど、完璧なスキルによる一撃の再現とはいかない。

最後のわずか数ミリの黒竹の抵抗。

それでも、アプロアは強引に力任せに、大剣を振るって黒竹を切った。

「ファイス」

アプロアは難しい顔をしている。

なにか、不都合があったのかと想像してしまう。

「どうしました」

「剣スキルが成長した」

アプロアが口にした言葉の意味を、脳が瞬時に理解できなかったせいで反応が遅れてしまった。

「ッ……おめでとうございます」

「ああ、ありがとう。……もう少し、試していいか？」

「もちろん」

私としては、私の理論をアプロアたちが証明してくれるのはありがたい。

効果があるのかわからない手段よりも、試行回数を増やして証明された手段のほうがより前向きに修業することができる。

だから、少し離れた場所で、エピティスがアプロアと同じように、黒竹に向かって赤いゴブリン銅製の大剣を振るうのには感謝しかない。

ちなみに、エピティスが振るっている片刃の大剣は、魔境の浅い領域まできていたフォレストウルフを倒して、村のリスクを減らしたということで、村長が私たち四人にくれた褒美のひとつだ。

シャードは動物解体に適したゴブリン銅製の剣鉈。

私の場合は、物じゃなくて読み書きの指導をお願いしてみた。

日本語の読み書きはできても、この国の文字は読めないどころか、自分の名前すら読み書きできない。

まあ、農奴どころか、平民でも読み書きできるのは少数派だから、私が読み書きできなくても珍しくはないだろう。

しかし、読み書きできないと、本を読んで知識を増やせないし、だまされるリスクもある。

ここは日本じゃないから、こちらが文字を読めないと知ると、無茶苦茶な利率や支払期限の契約をさせられることがあるらしい。

しかも、それが、この国だと違法じゃないそうだ。

この国の法律だと、自発的に契約したら、文字が読めるかは関係ないらしい。

だから、自衛のためにも、読み書きはできたほうがよさそうなんだけど、この感覚が農奴だけじゃなくて、平民でも理解できないようだ。

読み書きなんてできなくても、生活に困らないというのが、この村というか、この国で大半の人の認識で、積極的に学ぶのは村長のような役職を持った者、商人のように必要な者、あるいは知識を欲する変わり者。

なので、村長たちには私が変わり者に思えたようで、読み書きを願ったら珍獣でも見るような変な顔を向けられてしまった。

ただ、読み書き指導は、村長を長時間拘束するので、私に直接じゃなくて、アプロアの読み書きの勉強に私が相席するという形で許可された。

ちなみに、アプロアの褒美は、フォレストウルフ製の革ベストの加工費だそうだ。

改めて視線をシャードとエピティスの二人に向けると、なかなか苦労している。

実のところ、スキルをオフにすることに関して二人は、アプロアと違ってそこまで苦労しなかったけど、それでもスキルの成長には至っていない。

エピティスは単純に、スキルで覚えたモーションを自分で再現するということが苦手なようだ。

しかし、シャードは、私やアプロアと別の理由で苦労している。

なにしろ、シャードのメインウェポンは弓だ。

弓スキルを使って命中できる距離の目標に、スキルのアシストなしで矢を放つ。

当然、手持ちの矢を撃ちつくしたら回収しないと、次の修業を行えない。

スキル全開で一撃を放ち、その残滓を手掛かりにスキルなしで二撃目以降を放つという修業の工程は、弓、斧、剣など得物が違っても同じだ。

けど、得物の違いは効率の面で差が出てくる。

だから、なにか、フォローがシャードに必要かと考えるけど、シャードを観察していると必要ないかと思ってしまう。

シャードがゆっくりと構え、静かに弓を引くと、空間に沈黙が広がっていく。

緊張が周囲を支配し、空気が重く鋭くなる。

しかし、放たれた矢は目標を射抜かない。

それでも、シャードは大丈夫かなと思ってしまう。

シャードの体格は四人のなかで一番小柄だけど、弓を構えて集中しているときの存在感は一番大きい気がする。

なので、シャードについてはしばらく様子を見て、必要なら一緒に悩もう。

それまでは、私も斧の修業を再開させる。

適当な黒竹の前に立ち、ゴブリン銅の斧を振りかぶっていく。

だんだんと呼吸をゆっくりと深くする。

同時に、意識を斧を振るうことに没入させていく。

まだ、一例だけど、アプロアが私の修行法でスキルが成長するって証明してくれた。

だから、漂う不安も、迫る焦りも今は希薄だ。

斧で伐採するために接触するだろうと思われる黒竹の一点を見つめる。

体の動き、力の伝達、斧の軌道、黒竹のしなりも想定。

呼吸を止めて、一瞬の静止。

力を解放、淀みのない力の流れを導き、理想の軌道に重なるように斧を制御。

しかし、

「ダメか」

斧は黒竹を伐採することなく、自立している。

黒竹の残りの厚さは、指二本分くらい。

伐採はできなかったけど、成長はしている。

そう自己暗示のように思い込んで、斧を黒竹に振るう。

好奇心は猫を殺す

『斧スキルが上がりました。斧スキルが四に成長しました』

待ち望んだ声が聞こえた。

アプロアたちに修行法を教えてから、連日魔境へ一緒にきているけど、ようやく成果が見えて、
不安を押し出すように静かに息をして、気持ちを落ち着ける。

心に広がるのは喜びもあるけど、それ以上にあるのは安堵。

なぜなら、私の周囲には十を超える黒竹が伐採されている。
そう、少し前から斧スキルのアシストなしで、黒竹を一撃で伐採すること自体は可能になってい
たけど、斧スキルは成長しない。
なぜか、黒竹を斧スキルのアシストなしで、伐採できれば斧スキルが成長するって、思い込んで
いたからショックというか不安と焦りも大きかった。
でも、斧スキルが上がった今なら、スキルが成長しなかった理由も少しは予想がつく。
初めて伐採できた黒竹の切り口は荒い力任せなのを証明するようにわずかにデコボコしてるけど、
最後に伐採した黒竹の切り口は鋭い刃物で切ったかのように滑らかでまったく違う。
黒竹を伐採できたという結果は同じでも、斧の振るう精密さに差異がある。
つまり、スキルの成長には割った薪や、伐採した黒竹の数は関係なくて、重要なのはスキルのア
シストなしで、どこまでスキルに近づけるということなのかもしれない。
スキルやレベルのようなゲーム的なシステムがあるから、ついつい回数をこなせば自動的に経験
値や熟練度のようなものが入手されて、勝手に成長するって思いそうになる。
まあ、そう安易なわけがない。
それに、そのほうがやりがいもある。
上手くすれば、一回でスキルが成長するかもしれないし、無闇に回数だけをこなしていたら、ス
キルが成長することは永遠にないということだ。
私の目指す、斧スキルを極める道程はそういうものでいい。

むしろ、そのほうがいい。

とりあえず、斧スキルの成長を実感するために、斧スキルを全開にして黒竹を伐採してみる。

目を閉じて、深く息を吐いて、体にこもった熱を追い出す。

目を開けて、ゆっくりと息を吸いながら、意識が切り替わると思い込む。

静かに、丁寧に、斧を振りかぶる。

全身の筋肉が、抗議するかのようにきしむような痛みという悲鳴を上げてきた。

数時間の黒竹の伐採で酷使したから、筋肉だけじゃなくて、関節や手のひらも痛い。

というか、もはや感覚が鈍くて、虚ろだ。

とても万全と呼べるような状態じゃない。

でも、無視。

強引に今やる理由はない。

今日、休んで、明日、万全の体で試せばいいと思う。

急ぐ理由なんてない。

合理的には。

でも、衝動がそれを許さない。

今、知りたい。

知りたくてしょうがない、成長した斧スキルの領域を。

だから、視線を黒竹の一点に集中させる。

同時に、構えを維持したままで、脱力させていく。

でも、だらけるわけじゃない。

むしろ、体をスキルの要求に素早く応答するために、力みとは逆に心の緊張感は高まっている。

黒竹を伐採するという意図で、斧スキルを全力で起動。

赤い軌跡が、黒竹をなぞる。

激しさとは対極の静かな一撃。

結果は、ゆっくりと崩れる黒竹。

ただ、斧を黒竹に振るい伐採しただけ、言葉にすれば簡単だ。

「…………っ！」

感情が言語化されない。

というか、できない。

歓喜、興奮、感動、あふれて混ざってわけがわからなくなっている。

理想の体感、あるいは芸術を経験したのかもしれない。

たかが、斧を振るう。

そんなことに、理想や芸術なんて、言葉がすぎるように思えるかもしれない。

でも、私は、むしろ、言葉が足りないとさえ思ってしまう。

自分のボキャブラリーの貧困さを嘆くばかりだ。

それでも、言語化するなら、憧れのアスリートの超一流のプレーを主観的に体感している感覚に近いのかもしれない。

振るう斧の形状と重心、周囲の地形の傾きや踏み込んだ時の硬さなどを把握、体を動かし力を発生させて、ロスなく増幅するように伝達し、伐採する対象の特性を見極める。

それを斧を振るうという一瞬で行う。

言葉にすれば簡単だけど、実行するのは極めて難しい。

だからこそ、見せられて、体感すれば感動する。


世の中とは、思い通りにならない。

それでも前世は思い通りにしたいことがなかったから気にもしなかったけど、今の私にはしたいことがある。

それが、できないのはなかなかつらい。

アプロアたちに私の修行法を伝えてから一か月、私とアプロアがスキルを七まで上げて、エピテイスとシャードも五まで上げた。

大人でもスキル一桁が珍しくもない、この世界で順調な成長と言える。

けど、ここ数日、魔境に行けていない。

現状に不満はあるけど、状況の改善は無理だろう。

なにしろ、私が魔境に行けないのは、村長のお願いだ。

お願い。

前世でも役所で働いているときに経験した、周囲から先生と呼ばれているお偉いさんからのお願いという絶対に拒否できない命令。

忖度と配慮にまみれたそれを、自発的に自分の独断専行ということでやらされたものだ。

慣習と前例主義の要塞じみた役所で、違法じみたそれを一人の地方役人が個人の裁量で異例なことを合法的に行うという矛盾に満ちた思い出。

まあ、村長のこれはそれほど悪質じゃない。

ただ、村の最高権力者のお願いを、農奴の子供には拒絶する余地がないことを、村長が理解していないだけだ。

だから、ここ数日、アプロアからの魔境へのお誘いを断ることになって、彼女の機嫌が悪くなっている。

それなのに、アプロアのついでという形で読み書きを教えてもらっている私に、アプロアとケンカでもしたのかと、村長が聞いてくるのは微妙に納得できない。

早々に、現状から解放されたいものだ。

まあ、無理だろうな。

けど、終わりは見えている。

一か月前後頑張れば、元の日常に回帰できるはずだ。

そうしたら、私はこの言葉を胸に深く刻むだろう。

好奇心は猫を殺す。

そう、きっかけはちょっとした好奇心。

結果として、木工スキルを習得している。

魔境でたっぷりと修業しても、スマホもテレビもない異世界の、さらに子供の娯楽の少ない辺境の村だと、夜に寝るまでにそれなりにヒマな時間ができてしまう。

だから、ヒマつぶしの手慰みのつもりで、持ち帰った黒竹を色々といじってみた。

あくまでも、ヒマつぶしだから、黒玉やタケノコと違って特別な成果は考えていない。

というか、手を出してすぐに、成果は出ないと思った。

なにしろ、この黒竹、恐ろしく加工が難しい。

いや……はっきりいって加工は不可能だった。

前世の竹と同じように黒竹もしなるけど、そのまま力を加えるとすぐに割れる。

それはもう、切ったり曲げたりと、加工を試みてもことごとく割れる。

前世の祭りでやった高難易度の型抜き並みに割れる。

黒竹が割れても最初のうちは自分の技量不足だと、思って十日ぐらいは粘ってみたけど、なにも完成しなかったので、そこから、黒竹の竹細工としての可能性は封印して、別の可能性を模索してみた。

次に、取り組んだのが、笹茶だ。

ただ、私は笹茶という存在は知っていても、笹茶の作り方をまったく知らないから、生の黒竹の笹を煮出してみたけど、ダメだった。

強烈な青臭さと苦味でのたうち回ることになる。

でも、ここで、生でダメなら、コーヒーのように焙煎することを思いつく。

やってみてわかったことだけど、黒竹の笹は元から黒いから、焙煎できているのかわかりづらい。

とはいえ、数回の失敗を経て、見た目の変化は黒いからわかりづらいけど、匂いと音に注意していると、変化があるからそのタイミングを逃さなければ、焙煎は成功するようになった。

そして、焙煎に成功した笹で煮出した笹茶だけど、見た目は真っ黒でほぼコーヒーで、味もなんというか、薄いアメリカンコーヒーと麦茶を足して二で割ったような味だった。

前世のコーヒーやお茶のような飲み物の味に比べると少し物足りないけど、お酒と水以外の飲み物がないこの村じゃ十分に美味しい。

この黒竹の笹茶は黒い液体というインパクトから、最初は忌避する人が多かったけど、十日もしないうちに、村中で食事中や、一息つくときに飲まれている。

でも、このことで、村の農奴、平民関係なく両方の少年少女から、多数の苦情が私によこされた。

それは各家庭において笹の焙煎という微妙に手間な作業を、比較的自由な時間を持つ子供が担当することが多かったからだ。

その苦情も、面倒が増えたとか、笹を焙煎しすぎて灰にしてしまったとか、直接私に関係なさそうなものまで含まれていた。

それでも、一応、村で笹茶を飲むという行為は定着している。

思えば、この成功がいけなかったのかもしれない。

一度の成功体験は、次の成功体験を求める呼び水になってしまう。

笹茶で成功したから、他のものもと手を広げることになる。

それは、農奴のなかで炭焼きができる人物に、いくつかのタケノコを報酬にして、黒竹を竹炭にしてもらったのだ。

竹炭はそのまま炭として燃料にも使えるけど、消臭剤としても使えるかもしれない。

まあ、この村で消臭剤に需要があるかはわからないけど。

とはいえ、完成した、この黒竹の竹炭は成功だった。

いや……現在の状況を考えると、ある意味じゃ失敗とも言える。

この黒竹の竹炭、予想外に応用がきくから、燃料や消臭剤以外にも使い道ができた。

むしろ、黒竹の竹炭を燃料や消臭剤として使っているほうが少ない。

黒竹の竹炭、強力な浄化というか、解毒作用のようなものがあるようで、汚れた水を竹炭で作った水筒に入れておくと、綺麗で安全な水になる。

だから、竹炭の浄化能力がわかると、村にあるすべての井戸に、竹炭が入れられるようになった。

なにしろ、この村の水は、なぜか汚い。

どれくらい汚いかというと、水を飲んだ前後に薬草を摂取しないと、確実に腹を下すレベルだ。

ときどき来る行商人も、水だけは、ここで補給しないで、わざわざ自前で持ってきている。

つまり、薬草が簡単に手に入らなければ、煮沸しても飲むのに適しているとはいえない。

そんな、この村の汚い水が、井戸に竹炭を入れておくだけで、綺麗で安全な水になるから、日々の料理や、笹茶の味も一段上がった気がする。

この功績で、私と炭焼きをしてくれた農奴の人への褒美として、村長からフォレストウルフの肉と塩が送られた。

これだけでもなかなかインパクトのあるできごとだけど、これは村で炭焼きができる者にとっては仕事が増える。

けど、私が作業で拘束されることはない。

そう、問題はここからだ。

竹炭となった黒竹なんだけど、見た目は炭っぽくなくて、初めから黒かったけど、より深い黒で綺麗だったから、加工してみようと思ってしまった。

これがいけない。

竹炭の加工はかなり難しかった。

それでも、素の状態に比べれば少し力を加えただけで、割れることもないからましと言えるかもしれない。

まあ、割れないだけで、素の状態よりもかなり頑丈だから、試作品として作り始めた黒竹の竹炭製のクシが完成するのに、一週間くらいかかってしまった。

完成したクシは、素人が作ったにしてはいい出来だと自負している。

だから、もっとよくしようと、完成したクシに、色を塗ることにした。

塗料に使ったのは、四人で初めて魔境に挑戦したときに見つけた、漆のような樹液をベースにしたものだ。

調薬関係のスキルを持つ農奴にお願いして、漆モドキに薬草やゴブリンの骨、竹炭の粉末を混ぜて取り合えず一色だけ完成させた。

できた色は灰色っぽい白で、竹炭のクシに塗ると、不思議なことに白磁のような白になる。

このクシを母のトルニナにプレゼントしたんだけど、母はこれをどう使うものかわからないようで、言葉で説明してもなかなか理解してくれない。

そもそも、この辺境の村で、髪をとかすという習慣が、一般的じゃないから、なぜ髪をとかす必要があるのか説明することが必要だった。

それでも、言葉をつくしてクシの用途を母に理解してもらえたと思ったら、別の問題にぶつかることになる。

母の髪がボサボサすぎて、クシに絡まってしまい容易にとかせないのだ。

だから、シャンプーのようなものを作ることにした。

といっても、私はシャンプーどころか、石鹸の正確な作り方も知らないので、調薬スキルを持っている人に協力してもらうことになる。

黒玉から搾った油をベースに、薬草や竹炭などを加えて、試行錯誤をすること数日、灰色のドロっとしたシャンプーが完成したので、すぐに使ってもらってみた。

その時、灰色のドロドロとしたシャンプーを気味悪がっていた母が、少しだけ涙目になっていた気がするけど、気にしない。

別に、意地悪をするわけじゃないから。

一応、安全性確認のために、シャンプーのパッチテストは自分の肌と髪ですませているから、母の肌や髪が酷いことにはならないはずだ。

あくまでも、心配をかけた母への善意のお返し。

洗髪を終えた母にクシを渡すも、髪のとかしかたがぎこちないので、私がやることにした。

洗髪してもまだボサボサな母の髪を、毛先から、白い手づくりのクシで力任せにしたりせず、ゆっくりと丁寧に、丁寧に、丁寧にとかしていく。

不思議な感覚だ。

髪にクシを入れるごとに、ゴワゴワしていたところが、ツルツルで艶々になってく。

それはまるで、くたびれたわらが、金色の絹糸になるかのようだった。

見違える、その言葉がふさわしい。

「……美しい」

様子を見に来て、母に見蕩れる父のスクースのつぶやきが聞こえる。

「な、なに、言ってるんだい」

父の言葉に、戸惑いながら顔を真っ赤にして照れる母という珍しいものが見れた。

まあ、鏡がないから、自分の姿を確認できない母が、父の言葉に戸惑うのも仕方がない。

ここまでは、問題なかった。

クシができて、母が綺麗になって、夫婦の仲がより良くなって、いいことしかない。

けど、私の考えが浅かった。

視野が狭かったともいえる。

のんきに妹か弟ができるかもしれないと考えていたのだから。

村で一人の女性がいきなり綺麗になった。

これが周囲に、どれほど衝撃を与えるのか理解していない。

生まれつきの美醜の差ならささいな劣等感を抱いても、諦められる。

けど、化粧のように後天的に綺麗になれるとしたら？

初めは、家の近くに住む農奴の住人にお願いされて、それからあっという間に、平民からも依頼されるようになってしまった。

でも、修業の時間が減ってしまうのが嫌だったので、村長にシャンプーやクシの作り方と使い方を説明して、木工スキルを習得している村人の誰かに仕事として割り振ってもらったけど、数日すると村長に丸投げしたはずの仕事が私のもとに回帰してきた………なぜだろう。

熱狂的にクシを求める村の女性たちを見て、商品としての価値を見出したのか、村長は迅速に木工スキルを持つ者たちを集めて、シャンプー及びクシの量産を試みたらしい。

シャンプーは特に問題もなく、作れるようになったらしいけど、クシができなかったようだ。

木工スキルは私よりも上の者が作ったクシを見せてもらったけど、どこがダメなのかわらない。

なので、実際に使ってみたら、すぐにわかった。

他の村人が作ったクシは、クシの形状をしたなにかでしかない。

クシとして使えないこともないけど、使いやすくないし、なによりこのクシで髪をとかしてもツヤツヤにならない。

漠然とだけど、他の村人たちが失敗した理由が分かった気がする。

この世界にはクシがすでに存在するのかもしれないけど、少なくともこの村には村長の家にすらなかった。

そんな村で育った人間に、どれだけ木工スキルがあっても、クシを作るのは難しいのだろう。

木工スキル持ちの村人なら、竹炭を私よりも速くクシっぽい形に加工できるけど、クシへの理解が低いと品質は低くなる。

例えば、スキルに差のある二人が、同じレシピで料理をしたとして、高スキルの方は手早く見栄えも完璧でもレシピの料理を知らなければ味で、レシピの料理を知る低スキルの方に負けるだろう。

漠然と、スキルがあれば、それに関することはなんでもできると思っていたけど、それとは別に知識や理解も重要なようだ。

だから、村中の女性に嘆願された村長にお願いされた私は、ひたすらクシを作り続けている。

時々スキルを切れば、木工スキルを成長させることができそうだけど、短期的にクシの生産速度が落ちてしまうので見送る。

まあ、木工スキルに関しては、斧スキルと違って完全にヒマつぶしで得たスキルだから、そこまでスキルの成長に執着はない。

クシに関しては、大半の工程を私よりも高い木工スキル習得者に任せて、私が仕上げを担当することで、品質を落とすことなく、生産効率を上げられたから、終わりが見えてきている。

それでも、魔境への誘いを断るたびに、アプロアの機嫌が悪くなっているから、全力で作ったクシを贈ったら許してくれるだろうか？

引率されて

「いらない」

拒絶の言葉。

あるいは否定の言葉。

それが今、アプロアから私に向けて紡がれた。

よほど怒っているのか、アプロアはうつむいていて表情が見えない。

胃がキリキリと痛む。

シャードとエピティスに救援を求めて視線を向けるけど、二人とも目を合わせてくれない。

二人には思わずプレゼントした物を返せと言いたくなってしまった。

まあ、言わないけど。

そんなことよりも、今はアプロアだ。

私にはアプロアが不機嫌になっている理由が思いつかない。

村長からクシの量産をお願いされて、アプロアたちと魔境で修業をできなかったから、お詫びの気持ちを込めて、三人に竹炭で作った物をプレゼントした。

シャードには前世の曖昧な知識で作った、和弓のような構造の取り回しのよさそうな短弓。

先ほど試射してみたところ、以前の弓よりも威圧的な風切り音を奏でて、遠くまで直進して、シャードにしては珍しく興奮した様子で、一言だけ「感謝する」と言ってきた。

弟や妹の多いエピティスには、竹刀のような実用品よりも、遊べる物がいいかと、竹馬と竹トンボを贈っている。

回すだけで飛翔する竹トンボを気に入ったようで、十回以上飛ばしてから、まっすぐに私の目を見て、感謝の意を伝えるかのようにエピティスはうなずいた。

ここまでは、良かった。

そう、ここまでは、問題がなかった。

けど、アプロアに特製のクシを差し出したら、アプロアが沈黙して空気が凍結した。

でも、アプロアが怒る理由がわからない。

アプロアへのプレゼント用に作ったクシは、他のクシと違って白じゃなくて、鮮やかな光沢をもつ緋色をしている。

この緋色の塗料は、白い塗料を作っている農奴の一人が、気まぐれで漆モドキに薬草やゴブリンの骨だけじゃなくて、ゴブリン銅の粉末を適量混ぜたらできあがったらしい。

髪をツヤツヤにする効能も、白いクシと変わらないし、なにより緋色が綺麗だから、アプロアは喜んでくれると思っていった。

アプロアが緋色というか、赤系統の色が嫌いという情報も聞いたことがない。

だから、本当にアプロアが怒る理由がわからなくて不安になってくる。

「お……お前には、オレの髪が見えないのかよ」

「髪？」

アプロアの言葉の意図がわからずに首を傾げながらも、あらためてアプロアの髪を見直す。

この村の女性としては珍しく髪が肩に届かないくらい短いけど、変なところはない。

あえていうなら、アプロアもシャンプーやクシのなかった、この村の住人だから茶色の髪も多少はボサボサしている。

それでも、以前のわらたばのようだった母の髪に比べれば綺麗だ。

「茶色の綺麗な髪だと思うけど？」

だから、自然と思ったことを口にする。

「……！　バッカ、ちげーよ。そういうことじゃなくて、こんな短い髪だと、これで髪を手入れする意味なんてないだろ。オレには似合わないんだよ」

アプロアが顔を赤くして語気を強める。

「そんなことはないでしょう。元からアプロアは容姿が整っているし、その短い髪形もお似合いですから、クシで手入れをすればより美しくなると思いますよ」

「…………帰る」

再びうつむいたアプロアは、肩を震わせながら走り去ってしまった。

一応、渡した緋色のクシは持ち帰ってくれたけど、アプロアの怒るポイントがわからない。

本当に、わからない。

実は容姿にコンプレックスがアプロアにあるとか？

しかし、そんなことが、ありえるのだろうか？

例えば、平民でうざったく絡んでくるフォールだけど、あいつが私たちに絡む理由はアプロアだ。

容姿端麗で、村長の娘というステータスもある自分の惹かれている少女が、自分たちじゃなくて農奴と仲良くしているから、嫉妬しているのだろう。

このように、主観的客観的な観点から、容姿端麗なアプロアが自分の容姿にコンプレックスを持っているとは思えない。

それなら、アプロアが怒ったのは、単純にクシのような身だしなみを整える道具よりも、シャードやエピティスに贈ったような実用的な物か、玩具的な物のほうが良かったかもしれないと、密かに思ってしまう。

「ここから先は油断しないように」

村長の穏やかな口調で紡がれる言葉に、私、シャード、エピティスの三人は緊張でややこわばった表情でうなずく。

村長は実年齢の四十代よりも十歳くらいは若く見える、あごひげを生やした整った容姿のオジサンだ。

けど、中肉中背と言える体格なのに、レベルや傭兵の経験なのか立っているだけで風格がある。

少し離れたところにいるアプロアは、不機嫌そうにうつむいているけど、緊張はしていないようだ。

クシをプレゼントして怒らせてから、アプロアの機嫌は直っておらず気になるけど、それよりも現状だと恐怖と興奮の混ざったような緊張感で、あまり意識をそちらに割けない。

今、私たちは魔境の少し深いところにいる。

普段なら立ち入ることを禁止されている領域だ。

特別に、村長が引率してくれることで立ち入ることを許されている。

なんのためか?

レベル上げだ。

なんでもフォレストウルフを倒して自分だけレベルが上がったことを、アプロアが気にしているので、黒竹や黒玉の利用方法を見つけた私たちに、特別な褒美という名目で魔境でレベル上げの引率を村長がしてくれるそうだ。

村長は親バカなのかな?

アプロアに甘すぎだ。

正直、レベル上げはありがたいけど、怖くもある。

というか、前日に明日、レベル上げに魔境に行くからと、唐突に村長から告げられて、こちらとしては魔境で戦う心構えができているとは言えない。

村で最強の村長が引率してくれているし、私たちがレベル上げの相手にするのはゴブリンだから、危険度で言えば前回のフォレストウルフよりもかなり低いけど……それだけだ。

フォレストウルフよりも戦闘能力の低いゴブリンの攻撃でも当たれば死ぬことがある。

万全な安心安全にはほど遠い。

踏み込んだことのない、私たちにとって魔境の未知の領域。

一歩ごとに、呼吸が乱れて、心臓がうるさい。

浅い領域と魔境の植生や見た目に大きな変化はないのに、目につくすべてがどうにも恐怖をかき立ててくる。

体の震えとこわばりの原因が、恐怖か、寒さか、判別もできないほど感覚があいまいだ。

修業して四人のスキルも上がっているから、客観的に考えればゴブリン相手なら負けることはありえない。

でも、いつもは四人のなかで一番冷静なはずのシャードでさえ、せわしなく視線を動かして落ち着きがない。

周辺への警戒を密にしているというよりは、視点が定まっていないようにも見える。

あれだと、視界に異変が映っても見逃してしまいそうだ。

アプロアとエピティスにしても動きが、どこかぎこちなくて、とてもじゃないけど、ゴブリン相手に十全に戦えるとは思えない。

でも、村長に撤退を進言することはできない。

なにしろ、私は身分が農奴で、この国の法律的には村長の所有物にすぎない、最低限の人権すらない哀れで儚い物だ。

撤退を進言したくらいで、村長が怒るとは思っていない。

この人はそんなに狭量じゃないと知っている。

それでも、それでも、だ。

そんな人格的に信頼できる相手でも、機嫌を損ねた瞬間に人生が文字通り終了してしまうと思うと進言する口は重く、のどは堅くなって音を響かせない。

悲しいことだけど、思ったよりも私は臆病で勇気がないらしい。

「うん、いるね。誰からいく?」

村長の声には緊張感がない。

遊園地のアトラクションを体験する順番でも聞いてるのかと、錯覚してしまうほど普段通りだ。

でも、視界に入ってきたのは、気軽なアトラクションなんかじゃなくて、殺し合いの相手でもあるゴブリンが一体。

百二十センチぐらいの身長で、不気味な緑色の肌と、額から生やした短い角が、実に印象的だ。

顔はサルをより野性的にしわくちゃにしたようで、わけもわからないけど生理的な嫌悪感と不快感をかき立てられる。

のどがしまって息が苦しい。

心臓が冷たいなにかで締め付けられる。

なのに、鼓動はうるさく騒ぐ。

「うん？　どうした？　相手も一体だし、ちょうどいいだろう？」

村長は返事をしない私たちを不思議そうに見つめて首を傾げる。

そこには、悪意なんてない。

ただ、理解できていないだけ。

ゴブリンと戦うことに恐怖する事実を。

村長の視点で考えると、年齢的に早いかもしれないけど、戦闘に使えるスキルレベルが五以上ならゴブリン一体を相手にして負けるなんて考えられない。

多分、それはとても正しくて、間違っている。

能力的に問題なくても、友達や自分が傷つき死ぬかもしれない覚悟を確立できていない心が、十全に動くことを阻む。

四人のなかで、声を上げる者はいない。

ゴブリンは魔物らしく、数の劣勢や村長の戦闘能力に恐怖して立ち去ることなく、こちらへと歩みをゆっくりと進めてくる。

後、十秒もためらって怠惰に停滞する猶予はない。

視界のはしでアプロアが懸命に震える手を上げようとしているのが、見えてしまった。

意識的に短く息をして、恐怖を押し出し、覚悟が決まったと思い込む。

それでも、震える手と、乱れる心臓を無視して、口を開く。

「私から……行きます」

口が乾いて、のどが絞まって声が出にくい。

それでも、言えた。

アプロアが驚いたような表情で、咎めるような視線を向けてきている気がするけど、気にしない。

これは勇気なんかじゃない。

臆病だから、さっさと終わらせようという思惑だ。

「うん、頑張りなさい」

ほがらかな軽い口調で紡がれる村長の言葉を背に受けながら、ゴブリンに向かってゆっくりと歩みを進める。

恐怖と興奮で平静からかけ離れている心を切り換えるために、静かに赤いゴブリン銅の斧を構えながら、斧スキルを全力で起動させる。

「動く薪、動く薪、動く薪」

自己暗示のように小さく口の中で繰り返して、冷静を偽造した。

「ギャ」

威嚇と笑いを混ぜたような声を上げて、ゴブリンがこちらに走ってくる。

こちらには村長がいるから、いくら好戦的な魔物であるゴブリンでも、戦力差を悟って逃げ出すかもしれないと、ほんの少しだけ警戒したけど、杞憂だったようだ。

こちらに向かってくるゴブリンは長さが五十センチくらいで、太さが子供の腕くらいの木の枝を棍棒のように振り上げて、防具は装備していない。

ここの魔境で出現するゴブリンとしては標準的な装備だ。

ゴブリン銅製の武器を装備したゴブリンも出現するけど、確率は半分以下らしい。

そんな思考をすることで、自分は相手を冷静に観察できているから、冷静なんだって自分に言い聞かせる。

でも、心は落ち着かない。

ゴブリンが一歩、こちらに迫るごとに凍り付くように体が硬くなる。

まるで、自分が石になってしまったんじゃないかと思ってしまう。

そんなダメダメな心身と関係なく、ゴブリンが間合いに入ると同時に全力起動させている斧スキルが反応する。

強張りながらもできるかぎり脱力して、初動に反応しやすいようにしていた私の体を、斧スキルが傀儡人形を操るように動かす。

淀みなく、遅滞なく、斧が赤い軌跡を描いてゴブリンの首を切り落とす。

『レベルが二に上がりました』

脳内にレベルアップの声が響く。

けど、それに喜ぶ心が不在だ。

「これは……ダメだ」

自戒の言葉が自然と出てしまう。

別に、赤い血を噴き出して動かなくなったゴブリンに同情したわけじゃない。

ただ、ただ、自分の動きの酷さが目についたからだ。

確かに心身共に、十全とはいえない状態だった。

でも、そんなことが言い訳として認められないほど、私の動きはダメだった。

動きの大半をスキルに任せていたから、不満点は出てくるだろうと思っていたけど、この結果は予想外だ。

予想していたよりも、動きながら、動いているものに斧を振るうのは難しい。

でも、これはこれで面白い。

レベルアップには、そこまで興味はないけど、斧の修練としてゴブリン退治に興味が出てきた。

鎧を求めて

「ファイス、いくぞ」

笑みや冗談のような弛緩した雰囲気の微塵もないアプロアに、赤いゴブリン銅製の片刃の大剣を向けられる。

応じる私も真剣だ。

「どうぞ、遠慮なく」

でも、私の手には武器がない。

まあ、必要ないというか、武器を持つわけにはいかない。

一歩、アプロアは踏み込むと同時に、大剣を袈裟斬りに振るう。

瞬間、反射的に避けようと動こうとする体を、意志の力でその場に固定する。

「ッグ」

強烈な衝撃が一直線に体を襲い、息ができなくなる。

衝撃が過ぎ去ると、残滓であるかのように熱を持った痛みが騒ぎ出す。

無意識のうちに、膝をついてしまう。

「ファイス！　……大丈夫か？」

アプロアが大剣を放り出して、慌てて近寄ってくる。

激痛は滞留し続けて、肺は正常な呼吸を再開できなくて、どこをどう考えても、全然、大丈夫じゃないけど、少しだけ嬉しい。

でも、痛みが嬉しいわけじゃない。

ここ最近、クシをプレゼントして以来、アプロアとの関係がぎくしゃくしていたから、嫌われてしまったんじゃないかとおびえていたから。

少なくとも、痛がって膝をついても心配されないほど好感度は下がっていないようだ。

「……大丈夫、です」

この言葉には説得力がないと言った自分で思ってしまう。

なにしろ、立ち上がるどころか、顔を上げることすら難しい。

客観的に見てダメージは大だろう。

「バカが、ここまで無理する必要なんてないだろ」

アプロアが泣きそうな顔で吐き捨てる。

「……言い出しっぺは、私ですから、私が安全確認をするのは……当然かと」

静かに息を吸って痛みを刺激しないように肺を満たしてから、ゆっくりと言葉を紡ぐ。

「バカ……」

それだけ言ってアプロアはうつむいて沈黙してしまう。

実験の相手に、アプロアを指名したのは間違いだったかもしれない。

罪悪感の針が、チクチクと心を攻め立ててくる。

これだったら、お互いに遠慮や手加減と無縁と思われるフォールあたりに頼んだほうが、気持ち的には楽だったかもしれない。

それでも、

「アプロアを一番信頼しているから」

「……えっ」

私の言葉に、一瞬驚いて、すぐに顔を赤くしてしまう。

わからない。

今の言葉に顔を赤くする要素があっただろうか？

剣スキルや人格への信頼を考えれば、アプロアが最適というのは変じゃないと思うんだけど
………わからない。

とはいえ、実験は成功した。

無茶苦茶痛くて、ノーダメージとは言えないけど、目立った出血はなく動けないような傷もない。

まあ、残留する痛みで、動く気にはなれないけど。

それでも、極論だけど痛みを無視すれば、全力でダッシュすることすら可能だ。

胸に手をやると、そこには明確に斬撃の痕跡がある。

鎧の上に。

この鎧の防御力を証明するために、鎧を装備した私をアプロアに手加減なしで切り付けてもらっ

たのだ。

鎧を装備した人間を真剣で切り付けるような実験をするなと言われそうだけど、鎧の性能を証明するのにどうしても必要な手順だったし、なにもいきなりこの実験をしたわけじゃない。

前段階として、木製の簡易的なマネキンのような物に、鎧を装備させて、それを切り付けるという実験をすませて、鎧の防御力はあるていど確認できていたから、最終確認のためにこの実験を行った。

まあ、鎧の性能を証明するためのパフォーマンスの側面もある。

しかし、この鎧、なかなか凄い。

アプロアは子供で女性とはいえ、スキルが七もあれば、前世で素人の大人が振るう剣よりも確実に鋭い。

衝撃は殺しきれなかったけど、その斬撃を受けても一滴でも出血することはなかった。

まあ、それでも鎧にはしっかりと一筋の斬りあとが残っている。

この鎧が村で広まれば、ゴブリン退治で死んでしまう村人の数を減らせるかもしれない。

というか、冷静に考えると、これまで父を含めてゴブリン退治をしていた人たちが、鎧に相当する防具を装備していなかったことに驚く。

でも、少し考えればわかる。

鎧というのは、高価で貴重なのだ。

その素材が金属じゃなくて革でも、鎧は農奴どころか平民でも、所持できる物じゃない。

この村でも自前で鎧を持っているのは、村長を含めて数人だ。

ある意味で、これは辺境において革命的なできごとかもしれないと思ってしまう。

もっとも、この村でこの鎧が普及するのには、時間がかかるかもしれない。

それも、供給の問題じゃなくて、需要の問題で。

なにしろ、私が考案したこの鎧の素材は、金属や革じゃなくて、布を使用している。

なので、あるていど鎧が完成して、マネキンモドキに装備させて試し切りをして見せても、村長を筆頭に懐疑的な姿勢の者が多かった。

まあ、懐疑的な人の気持ちもわからないでもない。

布が鎧になるというのは、彼らにとっては常識外のことなんだと思う。

私の場合は前世の記憶で、古代のどこかの国で布を重ねて膠（にかわ）で固めた鎧を使用したということを、なにかのアニメか、ゲームか、もしくはそれ以外のなにかで知っていたから、完成した布製の鎧を見ても違和感がない。

時間がかかるかもしれないけど、この鎧は広まるだろう。

なにしろ、この鎧は値段が安い。

凄く安い。

まだ、生産体制が整ってないから、明確には言えないけど、それでも安物の革鎧の十分の一以下のコストで生産できそうだ。

最初は膠の調達に関して、少し暗雲が漂いかけたけど、ゴブリン由来の膠なら簡単に必要量を確保できた。

なんと、この布鎧を作るために、簡単に入手可能な膠を探すまで、倒したゴブリンから膠を抽出するということを、この村ではしていなかったそうだ。

倒したゴブリンからゴブリン銅の装備と角以外は利用価値がないというのが、この村というか、この世界の常識だった。

見た目が人型で抵抗があるけど、それなりに肉が確保できそうなのに、食が豊かじゃなかったこの村でゴブリン肉が食卓に並ばないのには理由がある。

マズいというのもあるけど、マズいだけなら、薬草やナゾイモもマズい。

それ以上に、ゴブリン肉には毒がある。

強力な毒じゃないから、大量の薬草と一緒に食べれば、軽い腹痛で済むらしいけど、費用対効果が悪すぎる。

そして、今回、私も鎧の素材にならないかと、改めて調べてみたけど、ゴブリンの皮には加工する価値がない。

皮の性質なのか、加工するのにやたらと手間がかかるのに、やたらと脆くて、完成しても徒労感にさいなまれた。

皮に独特なゴムのような伸縮性でもあれば活用法が見えてきそうだけど、そんなものはない。

それでも、前世の知識を使ってゴブリンの皮をハードレザーみたいにしてみたけど、ダメだった。

脆すぎて、鎧どころか日用品にもならないレベルだ。

ゴブリンの角に関しては、錬金術で簡単に加工できるらしいので、錬金術師の見習いが日用品から装飾品など多岐にわたって作っている。

ゴブリンの角で作ったアクセサリーなどは、象牙よりも灰色がかっていて独特の味があって、そこそこ裕福な村の装飾品として、流通しているそうだ。

ちなみに、辺境の貧しいこの村には、そういう文化があまりない。

錬金術が使える者もこの村にいるけど、ゴブリンの角で作るのは日用品か、行商人向けの商品としての小物や装飾品だ。

このように、この村ではゴブリンを利用価値のない害獣のように見なしていた。

もっと言うなら、ゴブリン銅の付属物として見なしてた場合があるかもしれない。

なので、価値のないゴブリンから、価値ある膠を抽出できるか試したことがなかったそうだ。

前例がないというのは、その素材について知識的な蓄積がないということで、そこが少し怖い。

もしかしたら、数か月後に突然、ゴブリンの膠を使った布鎧が壊れるリスクはある。

それでも、これだけ安く、早く作れるこの鎧には有用性があるはずだ。

なにしろ、この布鎧はナゾイモの糸で作った布を重ねて、膠で固めて、漆モドキを塗ったら完成。

材料は、この村でも余るほど入手可能なナゾイモの布や近くの魔境で入手可能な物なので、材料費が安くて加工に関しても、それなりに経験とスキルがあれば製作可能。

ちなみに、私が実験で装備している布鎧も、裁縫系のスキルを持つ農奴の女性ヒティスにお願いして作ってもらったものだ。

彼女には貫頭衣やロープのような簡単な物しか作ったことがないからと、初めは断られたけど、村人たちがゴブリン退治で命を落とさないためにと、言ったら協力を了承してくれた。

まあ……もしかしたら、私の後ろにいたアプロアに、ビビッて了承してくれた可能性がなきにしもあらず。

でも、問題ない。

なにしろ、現在、彼女は鎧づくりに目覚めたようで、より合わせる糸の太さ、折り方、重ねる布の厚さや枚数などを調整して、試行錯誤を繰り返している。

漆モドキから塗料を作っている農奴と協力して、防水や防御力など最適な塗料の開発にも手を貸しているようだ。

とにかく、村長を納得させるだけの鎧ができたと安堵する。

実のところ、この鎧開発は、失敗の連続だった。

安価で大量生産可能な鎧が必要となったときに、少し期待していたゴブリンの皮がダメで、軽く絶望したのが懐かしい。

次に思いついた布鎧にしても、決して順調とはいかなかった。

私が布鎧の素材として考えていたのは、ナゾイモの布じゃなくて、魔境で採取可能な鉄蛇草という植物から作った布。

素材に問題はなかった。

それどころか、予想以上に高性能で、膠で固めなくても鎧として成立するレベルだ。

それなのに、結局、鉄蛇草を採用することはなかった。

理由は簡単だ。

鉄蛇草の入手可能な場所が、魔樫など伐採できる魔境の深い領域。

しかも、見た目は大木に絡みついた太さ数センチのツタなのに、採取するのに斧を一時間以上振るう必要があるらしい。

それに、加工も手間だ。

細かい工程は省くけど、苦労して採取した鉄蛇草を糸にするのに、最低でも一か月はかかり、十人前後の人員が作業で拘束される。

うん、無理だ。

一日、数時間ぐらいなら、この村の農奴でも別の作業のために都合をつけられるけど、一か月も糸づくりに専従させることはできない。

だから、性能的に魅力的だったけど、鉄蛇草を布鎧の素材に使うのは諦めた。

そして、理解もできた。

これだけ鉄蛇草が高性能なのに、この村どころか、この国でも広く防具などに採用されていない理由が。

なにしろ、手間がかかりすぎる。

ドラゴンすら生息するこの世界だと、ファンタジーな魔物の皮などで、安価に代替可能なので、お金がないけど技術があるから自作するような、特殊な事情でもなければ鉄蛇草を防具に加工することはない。

だからこそ、本当に、膠で固めたナゾイモの布鎧が実用レベルで安心した。

これで、どうにか村長と交渉できる。

ユーティリ

なぜ、私が鎧づくりにかかわり、その性能を村長に認めてもらう必要があるのか？

従来の戦闘スキル持ちが三人以上で探索できた領域よりも、さらに奥のゴブリンとエンカウントできる魔境を探索するためだ。

村長に連れられて魔境に行きレベルを上げたあの日、動く相手を動きながら最適に斧を振るうことの難しさを自覚した。

同時に、確信できたことがある。

動かない黒竹に斧を振るうよりも、ゴブリン相手に最善の一撃を追求したほうが斧スキルの成長につながると。

だから、現状より魔境の奥の領域を探索して、ゴブリン討伐をしたいと強く思った。

けど、それはできない。

村のルールで禁止されている。

大人と認められる年齢になれば許可されるけど、すぐには無理だ。

大人でも死ぬ可能性のあるゴブリンと、弱い子供の交戦を防ぐために、作られたルールとしては至極まっとうで、反論の余地もない。

通常なら、残念だと諦めて、黒竹の伐採に集中しただろう。

そう、通常なら。

村としては不穏だけど、私としては運が良いことに、魔境に変事があった。

少し前に通常だと出会わないはずの浅い領域に出てきた、ゴブリンよりもさらに深い領域に存在するフォレストウルフ。

あの時はたまたま出会った私たちだけで倒せたけど、村の安全を考えると、例外的な偶然の出来事として処理するわけにはいかない。

だから、先日、村長を中心とした戦闘力と調査能力のあるメンバーで魔境の探査を行った。

その結果として、魔境の変異が見つかることになる。

魔境の浅い深いの領域にかかわらず、魔物の出現数が増加傾向にあるそうだ。

魔境で、その領域に存在する魔物が増えると、本来なら移動しない領域へと魔物が移動するケースがまれに発生するらしい。

私たちがフォレストウルフと出会ったのは、運悪くこのケースを引き当ててしまったようだ。

難しいことに、これは異常事態だけど、異常事態じゃないらしい。

意味が分からない。

村長に言われたときは、本当に意味がわからなかったけど、丁寧に説明してもらって理解することができた。

この村の視点で考えると、魔境がいつもと違う別の状態になる異常事態だ。

でも、魔境の性質を考えると、この事態は異常じゃなくて正常らしい。

なんでも、魔境とは数年から、数十年と不定期に魔力が高まる時期があるらしく、そうなると魔物が増加したり、凶暴になり、スタンピードにつながりやすくなるそうだ。

ただ、それでも、この世界では魔境の性質として、広く認知されているらしいので、この魔境が異常とはいえないらしい。

まあ、その変事に直面するこの村にとっては、魔境が正常か異常かなんて、言葉の定義はどうでもいいことだ。

重要なのは、この事態にどう対処するかになる。

放置すれば、遠くない未来、スタンピードで魔物の波にこの村は蹂躙されて壊滅するだろう。

それを回避するためには、従来よりも頻繁にゴブリンなどの魔物の間引きをしなくてはいけない。

ここに私たちが魔境の奥を探索をするために、村長を説得の余地がある。

いつも、この村長を中心にやっているゴブリンの間引きですら、レベル十前後、斧スキル二十未満の私の父くらいの戦闘能力だと死のリスクがつきまとい、それで失われる人員は村にとって許容可能なギリギリということだ。

それに、平民、農奴、ともに大人には主となる労働が別にあるので、何日も魔物との戦いに拘束されるわけにはいかない。

　正確なことはわからないらしいけど、事態が鎮静化するのに必要な期間も、長くて年単位、短くても数か月は続く可能性がある。

　黒玉、黒竹関連が商業的に成功すれば、村の経済も上向いて、外から冒険者や傭兵を雇う選択肢も考えられるけど、現状だとまだ無理だと村長から聞かされている。

　だから、村の労働力としてはお手伝い程度の子供をゴブリンを間引くための戦力として認めてもらおうと考えた。

　当然だけど、この提案は良識的で善良な村長によって却下されてしまう。

　確かに、大人でも死ぬゴブリンの間引きに、戦闘力があるとはいえ子供が参加するのは無謀だ。

　でも、逆に言えば、死のリスクを大きく減らせるなら、許可してもらえる可能性があるということになる。

　そのために提案したのが、安い鎧の生産。

　まあ、笑って無理だと言われたけど、ここに布の鎧が完成した。

　ゴブリンが相手なら、この鎧は十分な防御力を示してくれるだろう。

　この鎧なら、村長も私たちに魔境の奥へと探索に行くことを許してくれるかもしれない。

結果だけを言えば、魔境の奥へと行くことを村長は許可してくれた。

まあ、それでも、行けるのはゴブリンが出現する領域までで、フォレストウルフが出現したり魔樫が自生している領域まで許されていない。

それに行けると言っても、条件がプラスされてしまった。

ゴブリンの間引きに参加したことのある大人の引率か、戦闘スキル持ちの子供だけの場合は十人以上と規定されている。

さらに、布鎧の装備が絶対の条件となった。

鎧の装備は問題ない。

すでに、私たち四人分の鎧は確保している。

けど、引率してくれる大人と、探索メンバーの確保が問題だ。

村での仕事があるので、大人は大人で忙しいから、毎日、引率というわけにはいかない。

一方で、村の戦闘能力のある子供との協力も難しい。

これは他の子供と仲が悪いとかじゃなくて、戦闘能力のある子供はほとんどがフォールの派閥だ。

村長の娘であるアプロアが、声をかければフォールの派閥に所属する子供も協力してくれるかもしれないけど、彼女はそういうあからさまに権力や権威を振りかざすのを嫌うから難しい。

でも、私たちは現在、ゴブリンが出現する魔境の領域に来ている。

「どうして、ボクがこんなことを」

純白の布鎧を装備した村長の次男であるユーティリが、私たち四人の後ろを歩きながらブツブツと文句を言う。

彼から魔境に挑むというやる気は感じられない。

というか、彼はいつもやる気がない。

飲んだくれたり、まったく働かないわけじゃないけど、努力を嫌って可能な限りサボろうとするので、村人からは平民と農奴を問わず白い目を向けられている。

一応、自警団の一員で、間引きなどにも参加しているけど、周囲から文句を言われないギリギリまで参加を減らしているから仕方がない。

畑を耕すこともない専任の自警団員なのに、私の父のような非常勤のメンバーよりもレベルやスキルが低かったりする。

中肉中背、やや童顔で二十歳という年齢よりも幼く見えるけど、十分に整っている容姿をしているのに、村の女性からモテないのはこの性格が原因だろう。

まあ、日々の生存が厳しい辺境の村で労働意欲が低いというのは、女性にとって整った容姿じゃカバーできないマイナスかもしれない。

もっとも、こんな彼だから、私たちに同行してくれている。

あるいは村長から押し付けられたと言えるかもしれない。

レベルじゃさすがに彼の方が上だけど、剣スキルに関してはあと二つ上げればアプロアに並ばれてしまう。

それはさすがに体面など色々とまずいという村長の意志が、見える気がする。

正直、ユーティリのやる気の有無に興味はないけど、私としては今日だけじゃなくて継続して引率してもらいたいので、少しはやる気が出ると思える言葉をささやく。

「鎧の感想を伝えれば、ヒティスさんは喜ぶと思いますよ」

まあ、実際のところ鎧の使用感や改善して欲しいところを伝えれば、布製の鎧作りに熱中しているヒティスさんは喜ぶだろう。

もっとも、それでユーティリへの好感度が上がるとは思えないけど、そのことについてはあえて口にしない。

「ヒティスが、ホントか？」

ユーティリは今日一番の生き生きとした表情をみせる。

「彼女が今一番熱中しているのが鎧作りですから」

「なるほどな。……お前らもヒティスに鎧の感想を伝えるのか？」

「それは伝えますが？」

「なら、ボクの活躍も伝えてくれよ」

無駄に胸を張るユーティリに対して、伝えても信じてもらえないか、興味を持たれないだろうと思いながらも、笑顔を心がけて応じた。

「えっと……わかりました」

「はっ、やる気のない腰抜けに活躍なんてできるのかよ」

アプロアが兄であるユーティリの方を見ることもなく吐き捨てる。

アプロアが普通だ。

一時期、避けられていたかと思ったけど、鎧作りに協力してもらってから、元の距離感に戻れたような気がする。

結局、避けられた原因はわからないけど、この距離感が維持できるなら問題ない。

「なめるなよ、アプロア。剣スキルが成長しているようだが、戦いに必要なのは、結局のところレベルなんだよ」

ユーティリの言葉に、私たちの視線が少しだけ冷たくなる。

確かに、ユーティリはレベル八で私たちよりも上だけど、自警団に所属している同世代だと一番レベルが低い。

間引きにほとんど参加しない者ならともかく、それなりの頻度で魔境の魔物と戦っていればレベルは十をこえているはずなのだ。

それなのに、ユーティリはレベル八。

私たちに自慢できるレベルじゃない。

「戦士が強がるなよ」

「違うから、剣しか使えない剣士や剣聖じゃなくて、ボクは汎用性のある戦士をあえて選んだだけだから」

「バーカ、剣スキル一桁で、剣聖のジョブが選択できるかよ」

「くっ……このっ」

「あー、それで、鎧の調子はどうですか？」

顔を赤くするユーティリに声をかけて、こちらに注意を引く。

「鎧の調子？」

「私やシャードの鎧と違って、肩や腰も覆われて動きに影響が出そうなので」

前世の軍隊で使われていそうな形状の兜、胸や腹と背中を覆う胴鎧、腕と足を守る籠手と脛当て、とっさに倒れこんだり攻撃にも使える肘当てと膝当ては、サイズに差異はあってもここにいる全員が、布製の白い物を装備している。

アプロア、エピティス、ユーティリは、さらに肩だけじゃなく二の腕をカバーする肩当てと、腰や太ももを守る腰鎧も追加で装備している。

鎧で守られる面積が増えれば、奇襲などで攻撃を受けて負傷するリスクを減らせる一方で、関節などの可動域を制限して布製とはいえ普通の服より重いから、とっさの回避や攻撃の初動に影響がないとはいえない。

だから、私とシャードはあえて、動きに影響のある肩と腰を守る防具を装備しなかった。

「大きく振りかぶると違和感を覚えるが、阻害されるというほどではないな」

「なるほど、そういうこともヒティスさんに伝えれば喜ばれると思いますよ」

まあ、ヒティスさんは喜ぶかもしれないけど、ユーティリへの男性としての好意につながるとはかぎらない。

けど、そういう不確定的なことはあえて口にしないことにする。

「鎧で守られている面積が少ないけど、お前の方は大丈夫なのか？」

「ええ、大丈夫です。肩や腰が鎧で覆われると、全力で動いたときに違和感を覚えるので」

「フーン、そうか。おっ、さっそくゴブリンのお出ましか。まずは、ボクがお手本を見せてやろう」

「無理すんなよ。本当にやれんのか、バカアニキ」

からかうような言葉だけど、アプロアの表情を見るとユーティリの身を心配して気づかっているようでもある。

「うるさいぞ、愚妹が。ボクはやればできる男だ。特別だ、お前たちにイット流の強力な奥義を見せてやろう」

ゴブリン銅製の剣を装備したゴブリンと、こちらもゴブリン銅製の片刃の大剣をユーティリが自信満々で構える。

しかし、構えただけでも、村長どころか、年下のアプロアよりも、ユーティリはどことなくぎこちなくて固い。

少し心配になるけど、剣スキルが村長よりもかなり低くても、鎧を装備しているし、レベルも私たちよりも上だから、剣を装備しているとはいえゴブリン一体にピンチになることはないだろう。

「ハアアアァァァー」

大剣を振りかぶった状態でユーティリが気合の声を上げると、不思議なことに存在感と威圧感が増したような気がした。

「グギャァ」

ゴブリンがユーティリの雰囲気に飲まれたかのように、不用意な突進で間合いをつめる。

瞬間、赤い斬影が駆け抜け、ゴブリンを左右に両断した。

意味がわからない。

ユーティリの一撃がゴブリンを両断した。

過程と経過を羅列しても真実にならない。

ユーティリの構えと同じように、その一撃の振りも、村長どころかアプロアよりも洗練されていない雑なもの。

剣スキルを習得しているから、一応形にはなっているけど、それだけ。

あんな凄まじい一撃を放てるとは思えない。

レベルによる身体能力の影響？

いや、なくはないけど、二桁にもならないレベルの身体能力は、ここまで強力じゃない。

「うおっ、クソ、抜けない」

地面を深く切り裂いた大剣を引き抜こうと、ユーティリは悪戦苦闘している。

そう、あの強力な一撃は、ゴブリンを両断して、勢いを殺されることはなく、地面にめり込むように切り裂いた。

まさか、聞いたこともないけど、本当にイット流の奥義だろうか？

エンカウント

「ああ、あれはタメ切りだな」

さっき、自称奥義と呼んで実演して見せた一撃の正体をユーティリがあっさりと告げた。

「タメ切り？」

聞きなれないというよりも、聞きなれている単語だから、なおさら困惑する。

なにしろ、タメ切りなんて言葉はゲームなどで一般的に使われるものだ、前世で。

それを、テレビゲームなんて影も形もないこの世界で聞いたから違和感を覚えるのはしかたがないだろう。

あるいは、この世界がなんらかのゲームの中の世界だという片鱗なのかもしれない。

「俗称で、正式名称はないらしいけどな。レベルが五になれば誰にでも使える」

ユーティリはそれを自慢するように胸を張って言った。

「なら、奥義なんて大げさなこと言うなよ、バカアニキ」

アプロアはタメ切りを知っていたのか、驚くこともなくあきれたような視線をユーティリに向けている。

「うるさいぞ、愚妹。でも、凄かっただろう」

「確かに、凄かったな、地面からなかなか抜けなくて」

アプロアのからかうような言葉に、ユーティリは反論することなく両断したゴブリンに近づき、ゴブリン銅の武器と一緒に収納袋へ回収する。

ゴブリン一体を収納したらパンパンになりそうな袋だけど、空の状態から見た目の変化はない。

一見すると普通の袋だけど、そこは魔道具というところだろう。

この収納袋という魔道具は、見た目よりもかなりの容量を持ち、重量を無視してくれる便利な道具だ。

ダンジョンでドロップした収納袋だと、容量が桁外れだったり、なんらかのエンチャント効果があったりもする。

ユーティリが持っている収納袋は、容量が荷馬車の半分程度の一般的な量産品。

だから、補給のいらないダンジョンでドロップした収納袋と違って、量産品は魔石などで月に一度ぐらい魔力を補給する必要がある。

それでも、農民どころか平民にとっても、高価な物で、個人的に持っているのは村長を含めて二桁行くかどうか。

けど、村の共有財産としての収納袋なら結構ある。

なにしろ、私の父も魔境で伐採した魔樫を運搬するのに使用しているし、シャードの父親も猟のときに使用しているから、村人にとってそれなりに使用する機会があるものだといえるだろう。

まあ、ユーティリの使用している収納袋は、村長から戦士のジョブになったときのお祝いとしてプレゼントされた私物だ。

黒玉、黒竹やタケノコを魔境から村へ運ぶのは大変だから、素直にうらやましい。


ユーティリの収納袋の容量が一杯になり、休憩もかねて一度だけ村に帰還したけど、それ以外は時間を惜しむようにゴブリンを狩り続けた。

そのおかげで、ユーティリ以外の私たち子供の四人は、それぞれレベルが一つ上がって三になっている。

一日の成果としては十分で、順調といえるかもしれない。

けど、言葉にできない、無色透明な不安の気配を感じたような気がする。

もう引き返そうという言葉が、のどで足踏みして消えていく。

現在、私たちが探索している魔境の領域はゴブリンクラスの魔物が出る領域で間違いじゃない。

だから、村長から許可されている魔境の探索範囲内だといえる。

でも、ここはフォレストウルフなどの魔物が出現する領域に近い。

そもそも、魔境の領域分けも実のところ曖昧だ。

ゲームのように、ここから魔物の出ない領域、ゴブリンが出る領域、フォレストウルフが出る領域などの明確な線引きはない。

村人たちも大体あのあたりという曖昧な共通認識があるだけ。

だから、ゴブリンと交戦できているから、ゴブリンが出現する領域で間違いじゃない。

もっとも、フォレストウルフが出現する領域で、ゴブリンが出現しないわけじゃないから、私たちが深入りしすぎている可能性はある。

警戒しながらも、悩んでいると新たに二体のゴブリンが出現して、意識を切り換えていく。

「二体か、誰がやる」

二体のゴブリンを前にユーティリは緊張感のない声で言う。

ここまで負傷なしで苦戦することもなくゴブリンと連戦しているから、ユーティリが気を抜くのもわかるけど、年長者としていざというときのために、ある程度の緊張感は維持していて欲しい。

「一体は私に任せてもらえませんか？」

斧スキルを起動してのゴブリンとの交戦の経験はできたから、今度は斧スキルを成長させるためにも、スキルなしでの交戦を経験してみたい。

けど、スキルなしでゴブリンと戦うことに静かな恐怖が広がっていく。

「別に、いいけど、もう一体は」

「シャード、任せていい？」

私の言葉に、シャードは無言でうなずき、一瞬で弓を構えると同時に矢を放つ。

「グギャ」

胸を矢で射抜かれ、一体のゴブリンが倒れる。

残る一体のゴブリンを正面から見据えながら、ゆっくりと歩きだす。

小さく、けれど力強く呼吸をして、胸の奥からわき上がる不安と恐怖を排出できると思い込む。

粘り、まとわりつく様々な雑念で、強張りそうな全身を緩めて脱力することを意識する。

布製とはいえ鎧も装備しているから、ゴブリンと一対一で戦うのは、それほどのリスクとは言えないかもしれない。

けど、それは斧スキルを起動している前提での話だ。

今の私で斧スキルを起動させずに、ゴブリンに勝てるだろうか?

レベルも三に上がっているから、大丈夫だという思いと、漠然としたぬぐい切れない不安がある。

単純にゴブリンを倒して、レベル上げの糧にするだけなら、必要のないリスクだ。

そう、レベル上げだけを考えれば。

私が魔境でゴブリンとの交戦を望んだのは、レベル上げが主目的じゃなくて、斧スキルを成長させること。

そのためには、斧スキルを起動することなく、斧を扱う技術の高みを目指す礎となる一撃を振るう必要がある。

それに、眼前のゴブリンもゴブリン銅製の赤い斧を装備しているのだ。

斧を極めようと思うのなら、同じ斧の使い手として負けるわけにはいかない。

薪や黒竹を前にしたときのように、視野を狭めて視線を斧が命中する一点に集中しそうになるのを意識的にこらえて、ゴブリンの全身を捉える。

動く対象に動きながら斧を命中させるのは難しい。

相手との間合い、相手の行動の予測、そしてこちらの斧の軌道を遅滞なく綺麗に嚙み合わせる。

自分の間合いと、攻撃の軌道はわかっているから、後は相手の動きをできるだけ正確に予想して、相手の攻撃のタイミングを外すこと。

だから、相手の攻撃手段である斧や、私の斧を命中させるところを注視して視野を狭めると、相手の動きの正確な予測ができなくなるから、ささいな予兆も見逃さないように相手の全身を捉えるように視野を広くしていないといけない。

相手のゴブリンも斧を装備しているからか、今までのゴブリンよりも次の動きがなんとなくわかる気がする。

小さく吐いて息を止めると、意識をより眼前の戦闘に没入させ、突進するように足を踏み出す。

私の動きに反応するようにゴブリンも斧を振り上げ間合いを詰めてくる。

ゴブリンの斧の軌道に私の体が重なる直前に、それまでの前進が嘘のように急停止した。

狙い通り、ゴブリンの斧はなにもない空間に赤い軌跡を描く。

私の前には防御も回避も不可能な状態の無防備なゴブリンがいる。

踏み込み、重心の移動、全身を的確にしならせ回転させることで、理想的な斧の軌道が描けると思い込む。

理想の軌道を追従するように迷いも遅滞もなく、肉体を制御して愛用のゴブリン銅製の赤い斧を振り下ろす。

「グギャアァ」

ゴブリンは命が割れたような断末魔を残して倒れる。

『斧スキルが上がりました。斧スキルが八になりました』

斧スキルが成長したことを喜びたいけど、じんわりと広がる疲労が上回る。

肉体の疲労はそれほどじゃない。

けど、わき上がる恐怖を抑え込みながら、相手を観察して、間合いをはかり、自身を制御する。

なかなか、しんどい。

スキルありならそれほどじゃないけど、スキルなしだと慣れるまで連戦は不可能だ。

ゆっくり呼吸をして、疲労を追いやるように気持ちを切り換える。

斧スキルが成長したから、素振りのついでにタメ切りができないかと試してみるけど、タメるべき力を感じることができない。

本当に、レベルが五にならないとタメ切りはできないようだ。

けど、レベルが五になれば誰でもできるようになるのは、なんとなくゲーム的だと思えてしまう。

ユーティリの説明によれば、レベルが五になると自然と自分のなかの魔力を感知できて、ある程度操れるようになるらしい。

意味がわからない。

論理的じゃない。

けど、そもそもレベルやスキルに、ジョブも論理的と言えないからいまさらかもしれない。

ユーティリが収納袋にゴブリンの死体を回収しているのを、ぼんやりとながめながらそんなことを考えていると、全身を衝撃が駆け抜けた。

いや、絶対零度のそよ風になでられ、時まで凍らされたかのように錯覚する。

耳で聞こえると思えてしまうほどの早鐘を打っているのに、心臓を停止させるような圧迫感を覚えてしまう。

動けない。

それでも、なんとか視線を動かして、みんなを確認すれば、全員が青い顔をして微動だにしない。

位置的に、私から死角になっている背後からなにかが近づいている。

それも確実にフォレストウルフ以上の脅威。

魂が本能的に動くことを拒否して、思考を放棄しそうになるのをこらえてゆっくりと体を動かす。

まるで、油の切れた機械のようにぎこちないけど、今はいい。

それよりも、脅威の正体を確認しないといけない。

そこにいたのは死だ。

あるいは………それを視界に捉えると同時に、自分の未来を予期したのかもしれない。

それはフォレストウルフじゃなかった。

けど、シルエットはどことなく似通っている。

フォレストウルフより一回り大きく、側頭部から前に突き出した二本の角を生やし、ライオンのような鬣を備えた黒いオオカミ、名前をデビルウルフ。

フォレストウルフよりも危険な魔物だ。

デビルウルフ

デビルウルフ。

フォレストウルフよりも一段危険な魔物。

けど、これはフォレストウルフよりも、少しだけ強いことを意味しない。

なにしろ、フォレストウルフの魔物としての危険性は単体戦闘能力じゃなくて、群れで木々などの地形を利用した三次元的な連携による強襲だ。

つまり、デビルウルフの強さは、単体のフォレストウルフどころかその群れを上回るということ。

ただ、デビルウルフはほぼ単独で、まれにフォレストウルフの咆哮で呼ばれたときに共闘することがあるだけで群れることはない。

だから、現状で追加のデビルウルフに襲われる危険性はないだろう。

倒す必要があるのは、単体のデビルウルフ。

それでも、全員が生存する道は蜘蛛の糸のように細い。

アプロアたち三人に視線を向ければ青い顔で、彫像のように固まって指先どころか、まばたき一つできないでいる。

少し期待してユーティリに視線を向ければ、そこにいるのは三人と同じように動けないでいる情

けない引率の姿だ。

まあ、引率の姿としては情けないけど、この状況だと仕方ないし、笑えない。

私自身が、悪い未来を考えたくないから思考を放棄して、動くことを拒否しようとしている。

不都合な目の前の現実を直視しなければ、悪い現実が訪れることはないと願っているのだろう。

前世を足せば、この場で一番の年長者なのに、実に情けないことだ。

けど、すぐに、思考を動かして、体を動かさないといけない。

強者の余裕か傲慢か、運のいいことに、デビルウルフは走ることなく、ゆっくりとこちらに近づいてきている。

無限にはほど遠いけど、心身を立て直す時間はある……はずだ。

不規則で一定のリズムを刻まない鼓動、意識しても上手くできない呼吸。

凍り付いたように固くなっている体をほぐすように、斧の柄を強く握っては緩めるを繰り返す。

一度、大きく息を吐いてから、ゆっくりと深呼吸をして不安や恐怖を押し出して、デビルウルフと戦うことに没入できると思い込む。

まっすぐに、デビルウルフを視界に捉えると、無数の恐怖に覆いつくされそうになる。

誰かに優しく抱き留められるように腰が引けて、油断すると、一歩を踏み出さないでいい理由を探してしまいそうになる。

「……シャード、牽制を頼む」

口から出たのは、普段の自分のものとはかけはなれた、上ずってかすれた蚊の鳴いたような小さな声。

シャードの返事は待たない。

一歩が重い。

鉛の重りでも巻き付いているかのようだ。

体が固い、油切れを起こした機械のようにギシギシときしむような音が聞こえると思えてしまう。

でも、
それでも、
二歩、三歩と踏み出すごとに、体の動きが徐々に滑らかに力強くなる。

斧スキルを全力で起動。

デビルウルフが私を見据えた。

五人のなかで私が最初の標的になったようだ。

瞬間、踏み出す一歩が重くなり、前進を全身で拒否しようとしてきた。

狙い通りの展開だと強がって、自分を鼓舞する。

奥歯が砕けてもかまわないという強い気持ちで食いしばり、重心と姿勢がズレることも気にしないで強引に荒々しく地面を踏みつけた。

駆け出す。

まとわりつく恐怖とわき出す不安を振り払い、置き去りにするように。

視線はデビルウルフだけを見据え、そいつに斧を振り下ろすことだけを思考する。

起動している斧スキルを強く意識して、自身の体を把握して制御。

デビルウルフとの間合いと、移動速度を考慮。

デビルウルフまで、後三歩。

デビルウルフが体をわずかに沈める。

飛び掛かる前の予備動作。

さらに、正確に精密に、思考して思考して思考する。

後二歩。

野太い風切り音を従えて、閃光のように飛翔した矢がデビルウルフの眉間に命中。

けど、矢は無情にもかすり傷一つ負わせることなくはじかれる。

デビルウルフにダメージはない。

それでも、シャードが援護の一撃を放ってくれた。

無数の恐怖と不安に抗いやってくれた。

ただ、それだけで、勇気づけられる。

後一歩。

斧を振りかぶる。

見間違いかもしれないけど、デビルウルフが自分の勝利を確信したかのように笑った気がした。

実際、今までの歩幅だと、私の斧はデビルウルフに届かず、カウンターの一撃でやられてしまう。

でも、デビルウルフは理解していない。

最後の一歩は、斧を振りかぶっている。

つまり、斧スキルの補正が全身にかかっているのだ。

だから、今までの踏み込みよりも速く、大きくなる。

私の一撃がデビルウルフの攻撃よりも先に命中するはずだ。

視野が狙うべき一点へと集中する。

レベル三になって上がった身体能力と、八まで成長した斧スキル。

そのすべてを集約して、私の究極の一撃に昇華する。

静止状態で振るうのとは違い、突進の推進力を斧を振るう遠心力に変換して、振りかぶった赤い斧をさらに加速させていく。

全身をミリ単位で制御し、コンマレベルで動きを連結する。

ただ、ただ、集中して集中して集中していく。

心は不思議な高揚感に満たされているのに、恐怖に侵食されることなく凪いでいる。

爆撃のような赤い奔流が、目標に吸い込まれるように直撃した。

私にできる究極の一撃。

それが命中した。

けど、私の心に喜びはない。

どこかで、心が軋む音が聞こえた気がした。

その手ごたえはまるで、生き物というよりも、ゴムを巻き付けた鉄塊。

斧がめり込んで停止するぐらいは可能性として考慮していたけど、ほんの少しのかすり傷を負わせることなくはじかれるとは思っていなかった。

だから、斧を伝わって跳ね返ってきた衝撃を上手に逃がすことができずに、両腕をしびれと痛みが襲う。

敵前だというのに、思考が一瞬だけ空白になる。

胸の中心に灼熱を従えた衝撃が貫く。

軽々と数メートル吹っ飛び、背中から地面に落ちた。

「カハッ」

息ができない。

胴体の前後から種類の違う痛みに襲われ、呼吸を阻害される。

酸素を求めて大きく息をしようとすると、胸の奥が激痛を伝えてきた。

ままならない呼吸、落ち着くことのない痛み。

そのままでいたほうが、肉体的には楽なのかもしれない。

けど、そんなわけにはいかない。

痛みという悲鳴を上げる体を無視して、上体を起こして愛用の斧を確認する。

吹っ飛んだ時に手放していないかと焦ったけど、無意識のうちに強く柄をつかんでいたのか、赤い斧は右手で持っていた。

視線を上げれば、デビルウルフが追撃をしてくるでもなく、その場でこちらを観測でもするように見ている。

余裕のあらわれか。

視線を下に向けて自分の鎧を見れば、爪で引っかかられたというよりも、えぐられたかのように
ボロボロで防御力は期待できない。

白いキャンバスを赤く汚すように、ボロボロの鎧の亀裂から染み出すように血がにじんでいる。

程度はわからないけど、出血しているようだ。

けど、今はどうでもいい。

もしかしたら、重傷かもしれないけど、軽傷だと自分に言い聞かせて、しっかりと体の調子を確
かめるように、ゆっくりと立ち上がる。

呼吸の度に痛みが自己主張してきて酸素が足りなくて、胴の前から鋭く焼けるような、胴の後か
らは鈍く深い、それぞれ種類の違う痛みが発生しているけど、その程度。

目標が見えて、歩けて、斧が振るえるなら、十分だ。

まだ、戦える。

私の全力の一撃は、デビルウルフにまったくダメージを与えることができなかった。

私を吹っ飛ばして、鎧をボロボロにしたデビルウルフの一撃は、全力にほど遠い牽制のジャブの
ようなものだろう。

どこまでも相手は強く、私は弱い。

けど、それだけだ。

いつもなら、不安と恐怖にさいなまれて絶望の海に沈んでいたかもしれない。

でも、今、私の心を占めるのは怒りだ。

デビルウルフへの不安や恐怖を塗り潰すほどの怒り。

さっきの一撃、薪や黒竹に振るったなら、完璧なものと言える。

けど、実際に振るった対象はデビルウルフ。

相手は強敵で、回避もすれば反撃もする。

そんな相手に、斧を振り下ろしたのに通じない可能性を考えないで、ごく自然に視野を狭めて相手の反撃の予兆を見落とした。

どこまでも気分の悪くなる怠惰な慢心だ。

斧を極めたつもりなのだろうか？

たかが、斧スキルの一桁で？

自分が情けなくて、自分への怒りをおさえられない。

さっきの一撃は、威力だけを言えば自分の出せる最高のものだろう。

けど、デビルウルフ相手に最適な一撃だったかと言えば明確にノーだ。

振るう対象を考慮しないなんて、どれだけ威力があっても矮小な自己満足でしかない。

私の一撃で、デビルウルフにダメージは与えられないだろう。

でも、そんなことは関係ない。

デビルウルフに最適な一撃を振るわないと、自分自身が納得できない。

視線を周囲に向ける。

なんとかシャードは弓を構えているけど、普段と比べて顔色は決してよくない。

アプロアは大剣を抜いて手にしているけど、腰が引けて構えることができないでいる。

一番レベルの高い引率のユーティリは大剣の柄に手をかけているけど、抜くこともできていない。

エピティスはデビルウルフの迫力で硬直して、その状態をまだ抜け出せないでいる。

シャードはともかく他の三人は、まだ心身を立て直せていない。

なら、その時間を絶対に稼ぐ必要がある。

「いくぞ」

デビルウルフに、そして自分自身に告げるように口にした。

一歩踏み出して、前後から痛みの二重奏に襲われるけど意識的に無視する。

けど、痛みのせいなのか、肺が十全に仕事をしない。

全力で動ける時間と、体力の回復力を下方修正。

それを前提条件に動く。

デビルウルフを、観測して観測して観測する。

ささいな予兆も見逃さない。

こいつにとって、斧を叩き込まれたくないタイミングと場所は？

思考する。

振りかぶり、自分の体を精密に制御しながら、一瞬の遅滞なく観測して思考して検討していく。

デビルウルフの攻撃の予備動作を確認。

払うように斧を振るい、デビルウルフの顔面を横から直撃する。

ダメージは与えていない。

けど、斧に込められた衝撃は無効化されなかったようだ。

なにしろ、デビルウルフは少しだけ姿勢を崩して、やろうとしていた反撃ができない。

デビルウルフが姿勢を戻したときに、私は攻撃の反動を利用して距離を取っている。

格ゲー的に考えるなら、デビルウルフに対して私の攻撃はダメージ無効だけど、スーパーアーマーじゃないから、デビルウルフは攻撃を食らうとノックバックが発生するというところだろうか。

だから、デビルウルフを観測して、反撃を潰すように攻撃して、攻撃しながら回避を考え、回避しながら攻撃を考える。

私の斧でダメージを与えられないデビルウルフの防御力と、牽制の軽い一撃でも鎧をダメにする攻撃力は脅威だけど、単純な敏捷性はフォレストウルフよりも高いとは思えない。

だから、今の私でも攻撃を命中させて、回避することがなんとかできている。

デビルウルフに命中した攻撃は十を超えるけど、ダメージは与えられていない。

でも、無駄じゃない。

攻撃するごとに、デビルウルフの姿勢を崩している時間が長くなってきている。

なんとなく、攻撃のこつがつかめてきたような気がする。

けど、このままじゃダメだ。

デビルウルフに反撃を許すことなく、足止めできているけど、こんなのは時間稼ぎでしかない。

それに稼げる時間は無限じゃない。

予想外だけど、傷を無視して無理をさせた肉体よりも、頭のほうが持たない。

デビルウルフを観測して、どんな反撃か、その場合の動きの起点と重心の動きを予測する。

相手の姿勢が長く崩れるように、攻撃のタイミングと位置を見極めて、想定通りに体を酷使して斧を制御する。

言葉にすれば簡単だけど、この思考に慣れていないせいか、処理落ち寸前だ。

グラボなしのパソコンで、推奨スペックの高いゲームを無理矢理起動させているようなもので、いつフリーズしてもおかしくない。

そんな雑念のせいなのか。

「クソッ」

斧は命中したけど、タイミングと位置が悪い。

デビルウルフの姿勢を崩せていない。

反撃がくる。

すでに、私は回避動作に入っているけど、もう少しデビルウルフの姿勢を崩せている前提で考えていたから、かするようにだけど命中してしまう。

私の横をかすめるように一条の暴力が駆け抜ける。

「ガギャアアウウゥ」

右目を射抜かれたデビルウルフが狂乱するように咆哮をあげる。

我々がデビルウルフに与えた最初のダメージ。

だけど、致命傷にはほど遠い。

後退して、デビルウルフから距離をとる。

「ユーティリ、奥義を準備」

私の言葉に、ユーティリはうめくようなかすれた声で応じた。

「な、なにを……」

「今、この場にいるメンバーでデビルウルフを殺せるのはあなただけです」

数字上のレベルとスキルよりも精度の低い動きしか確認できなかったユーティリだけど、タメ切りの一撃はここにいる五人のなかで一番の威力だ。

彼のタメ切りがデビルウルフに通じなかったら、私が足止めしている間に、四人に撤退してもらうしか被害を最小限にする方法がない。

「で、でも、デビルウルフを相手に、あんなにすきが大きい技が当たるわけないだろう」

ユーティリの言葉は的を射ている。

タメる予備動作と時間が必要な、あの攻撃をデビルウルフに命中させるのは難しい。

けど、そんなことはささいな問題でしかないのだ。

なにしろ、

「できなければ、全滅です」

生きようと思うなら、他に選べる手段なんてない。

「…………」

恐怖で青かったユーティリの顔が、自分の双肩にかかる責任の重さで白くなっている。

いい状態とは言えない。

だから、声をかける。

「大丈夫です」

「……なに？」

「タイミングは私が作ります」

片目を射抜かれた痛みから立ち直ってきたデビルウルフを見据えながら、斧をゆっくりと構えた。

右目に刺さったままの矢をつたって血がしたたり落ちている。

手負いで、視野が半分。

なのに、存在感と威圧感は、減るどころか増している。

全身の肌がヒリつくけど、恐怖で腰が引けたりはしない。

相手を手負いと侮ることも、自分への慢心も封殺する。

ただ、ただ、愚直に、素早く、観測して、思考して、相手の動きを止めて見せよう。

「クソッ、絶対に止めろよ」

震える声で、そう言いながらユーティリは片刃の大剣を上段に構えて、力をタメ始める。

かすかに口角が上がるのを自覚しながら、デビルウルフの死角側から間合いを詰めようとした瞬間に、ゾクリと氷のなにかで背中をなでられたような気がした。

理由も、理屈もわからないけど、死角から攻めるのは悪手だ。

なぜか、そのことだけは確信できた。

「ファイス！」

アプロアが後ろから、声をかけてくるけど、振り返って確認するヒマも、分析する余裕もない。

観測する。

どうすればいい？

一歩、進んで距離が近くなる。

なにが、正解？

引き絞った弓のように、デビルウルフが身を伏せる。

攻撃の予備動作。

思考する。

斧を振りかぶる。

どこを攻撃すれば？

いつ攻撃すればいい？

最適解は？

デビルウルフの攻撃時の重心の流れは予想できる。

それを押しとどめるように、攻撃を合わせるか？

ダメだ。

ユーティリの大振りを命中させるほどのすきはできない。

デビルウルフの攻撃のタイミングで、足払いのように斧を振るうのはどうだろう？

やれるかもしれない。

問題があるとすれば、回避を前提とした間合いや動きだと、上手くデビルウルフを転倒させることができないだろうということだけだ。

さっきまでの攻撃よりも、一歩、深く踏み込んで、回避を前提としない全身全霊の攻撃。

デビルウルフが転倒しなかったら？

デッドエンド。

回避の可能性を入れたら、ユーティリの攻撃は命中しないだろう。

そうなったら、やはり、デッドエンドだ。

なら、なにがなんでも成功させるしかない。

私が回避を捨てた攻撃でデビルウルフを転倒させて、ユーティリがとどめを刺す、それだけだ。

デビルウルフの体が動く。

踏み込みのタイミングと、距離と、位置を調整。

最後の一歩を踏み込んだ瞬間、心臓が締め付けられたような気がした。

死を隣人とした、死地にいる境地だろうか？

ああ、実に些事だ。

集中して、集中して、集中する。

転倒させることができずに、反撃される可能性？

失敗の可能性を思考して、妄想する余裕なんてない。

自分の持ちうるものを全力で投入する。

斧スキルに導かれて、私が生み出せる力のすべてが、赤い軌跡を描きデビルウルフの前足を払う。

デビルウルフは面白いように回転して、転倒した。

ダメージはない。

でも、デビルウルフが体勢を立て直して、反撃をするよりもユーティリのほうが速い。

「ハアァァァ」

ユーティリが高速で赤い大剣を振り下ろす。

構えも、踏み込みも、振りも、酷い。

美しさの欠片もない。

けど、威力はある。

「グウアギャアァ」

頭を切り落とすように振るわれたタメ切りは、デビルウルフの防御力を突破して、首にめり込む
けど、切り落として殺すまでには至らない。

重傷で、数分後には出血多量で死ぬかもしれない。

でも、それは死ぬまで数分かかるということ。

首を半分まで切られても死なない手負いのデビルウルフ。

大量の血をまき散らしながら、残っている殺意に満ちた目で私を見据える。

回避?

不可能。

間に合わない。

ボロボロになった鎧じゃ防御力は期待できない。

生路なし。

反撃がくるとわかっているのに、対処法がない。

回避、反撃、防御。

すべて、間に合わない。

それでも、思考は不可能を演算し続けるけど、解に至らないだろう。

「うおっ」

デビルウルフの死をまとった爪が、眼前で空を切った。

死地より救出してくれた恩人は、私を抱えたまま青い顔で震えている。

エピティスが、恐怖に支配されながらも動いてくれた。

「イエェエェ」

気迫のこもった声と共に振るったアプロアの大剣が、首のなかほどで止まっているユーティリの大剣の峰を叩く。

「グバァ」

断末魔と共に血を吐きながら、デビルウルフの首が、胴から離れて地面に落ちる。

ユーティリの説明

「よう、大丈夫か?」

言うほどユーティリの表情は、こちらを心配しているようには見えない。

というか、意図がわからない。

無関係じゃないし、同じ死地を脱したから、お見舞いにくるのも変じゃないけど、アプロアたち三人と一緒じゃないことに違和感を覚える。

「体は大丈夫です」

デビルウルフにやられた傷は、すでに治っている。

今もベッドで寝ているのは、念のためだ。

命にかかわるほどの重傷でもなかったけど、軽傷と笑えるほどでもなかったから、傷が治っても数日はベッドから動くなと、母のトルニナから厳命されてしまった。

「体以外に、悪くするところがあるのか?」

心や精神を病むという発想がないのか、ユーティリは不思議そうに首を傾げる。

「母に泣かれて、罪悪感で心が苦しいです」

子供がデビルウルフという強力な魔物と戦って胸から血を流して帰ってきたら、母親が涙を流して心配するのはわかる。

普通のことで、当然だとも思う。

けど、だからと言って、母を安心させるために当分は魔境に行かないと言えば、子供が無理をするなと言われる。

母としては、怪我をしてほしくないし、危険なこともしてほしくないけど、やりたいことを無理して我慢させたいわけじゃない。

私としても、母を心配させたいわけじゃないけど、斧スキルを成長させるなら、魔境に行くしかなくて、母に禁止されなければ、継続してしまう。

ある意味で、母の子供の成長や、やる気をできれば邪魔したくないという善意につけこんでいる。

それでも、斧を極めることをやめることができない。

なかなか業の深いことだ。

「ふーん、そんなもんかね」

「あなたは親を泣かせたり、心配させて罪悪感にのたうち回ることはないんですか?」

「バカか、泣かせて、心配させて、失望させたぐらいで、罪悪感を覚えるなら、とっくに真面目に働いて、自警団のお荷物なんて呼ばれていないな」

ユーティリは胸を張って堂々と言い切る。

……あれ、一瞬だけいいこと言ってるように思えたけど、ただのクズの発言だった。

「それで、ご用件は？」

「親父に頼んで、お前たちの引率の専属にしてもらった」

ユーティリの口にした言葉の意味はわかるけど、やっぱり意図がわからない。

基本的に怠惰なユーティリが急に真剣に仕事に取り組むようになる。

デビルウルフを倒せたから、その達成感で仕事に対して前向きになったとか、ありえなくはないけど、どうにも違和感を覚えてしまう。

「はぁ？」

「なんだ、ボクじゃ不満か？」

「いえ、そういうわけじゃないですけど、なぜやる気に」

「ヒティスが、喜んで笑顔を向けてくれたんだ」

ユーティリの言葉になるほどと思いつつも、詳細を確認したくなった。

「どういうことですか？」

「倒したデビルウルフは、ボクがもらうことになっただろう」

「ええ、フォレストウルフと違って美味しい肉でもないですから。皮にしても加工費用が大変ですから」

記念ということで、ユーティリ以外の四人で少し味見してみたデビルウルフの肉は毒じゃないけど、シンプルに美味しくなかった。

生や、ゆでた薬草ほどまずいわけじゃないけど、黒玉の油や黒竹のタケノコのおかげで日々の食生活も向上してきたので、摂取して特別な効能があるわけじゃないから、現状だと進んで食べたいとも思わない。

「そう、それでボクの取り分になったデビルウルフをヒティスにあげたんだ。鎧作りに役立ててくれってね。そしたら、ボクの手を取って喜んでくれたんだ」

嬉しそうに笑顔で言うユーティリに、彼がやらかしている可能性が思い浮かんだので、確認のために口を開く。

「……鎧作りを依頼したんですか？　あるいはデビルウルフの対価をもらいましたか？」

肯定してもらいたかったけど、ユーティリの口から出たのは、

「はぁ？　そんなせこいことするわけないだろう」

否定の言葉。

「…………ヒティスさんは農奴です」

私は勘違いされないように注意しながら、慎重に言葉を口にする。

「……だからなんだ。身分が違うから、好きになるなとでも言う気か？」

ユーティリは、こちらの想像通りに、顔を不愉快そうにしかめた。

怠惰だけど、この人も村長の息子で、アプロアの兄だ。

身分を気にしないで、身分にとらわれない善性。

いいことだけど、閉鎖的な辺境の村という環境だと、少々問題を起こす可能性がある。

そして、当人はそれを問題のある行動だと認識していない。

最悪だ。

「いいえ、そういうことじゃなくて、婚姻関係もない女性が村の有力者から、一方的に高価なものをもらうのは周囲と軋轢をうむかもしれません。今回だけならともかく、デビルウルフやそれに類するものを継続的にあげた場合、最悪だとヒティスさんが村八分になることもありえます」

ヒティスが平民なら多少の波風はあるかもしれないけど、大事になるリスクはない。

でも、ヒティスは農奴だ。

法的には、人じゃなくて、家畜のように村長の保有する財産。

そんな農奴が村長の息子から、高価なものを貢がせる。

ここで対応を間違えると、平民からだけじゃなくて、農奴からも反感を買うかもしれない。

「いや……そんなことは………どうしたらいい」

自分の下心をふくんだ行為が、ヒティスの立場を悪くするかもしれないと思い至ったようだ。

けど、そんなことを八歳の子供に聞かないでくれとも思うけど、放置もできない。

どうやら、ヒティスへの下心があるから、私たちの魔境への引率に乗り気だったようなので、彼のやる気が下がると、魔境のゴブリンが出現する領域までへ行けなくなるかもしれないから。

「手っ取り早くて簡単なのは、ヒティスさんにもう会わないことです」

否定されるだろうと思って口にした言葉は、やはりユーティリによって即座に否定される。

「それは嫌だ」

「じゃあ、結婚するのはどうですか？」

次善の策を提案してみる。

けど、

「はぁ？」

ユーティリは心底意味がわからないという顔をしている。

「ヒティスさんは農奴ですが、問題ないでしょう」

ただの農奴に村長の次男が貢ぐのは問題だけど、結婚を前提にした相手なら話は変わってくる。

だから、ユーティリがヒティスと結婚してしまえば問題は、問題でなくなるだろう。

「ちょっと待て」

「なんです」

「ヒティスの気持ちはどうなる」

そう平民で有力者の息子のユーティリが言って、不思議だと農奴で子供の私が応じるのは変な気がする。

「重要ですか、それ」

「当たり前だろう。嫌われているのに、無理やり結婚とかお互いに地獄だろう」

「村長の次男と農奴の結婚です。自分の身分も平民になれるんですから、ヒティスさんも納得するとは思います」

農奴の女性は、平民と結婚すれば平民になれる。

納税の義務が発生するとか、メリットばかりじゃないけど、物から人になれるのは多少のデメリットが気にならないくらい魅力的なはずだ。

ヒティスがユーティリに対して好意を抱いていなかったとしても、平民になれるということは結婚に納得するぐらいには魅力的だろう。

「それはヒティスが我慢して色々と諦めるって意味だろう。そんなのダメだ」

ユーティリは真面目な顔できっぱりと言い切る。

まあ、一般論として農奴の女性であるヒティスは、ユーティリが結婚を申し込めば、断れないし、断らないと伝えたかっただけで、ユーティリが承諾するとは思っていなかった。

ユーティリは仕事に関して怠惰だけど、村長の息子でアプロアの兄だ。

身分に関して無頓着で、人の心情を気づかうから、好意の有無に関係なく結婚を相手に納得させるのを嫌がるだろうとは、予想ができた。

「なら、仕事の依頼ということにすればいいかと」

「仕事の依頼？」

「はい、デビルウルフが鎧作りの素材として、有用かどうかの調査をヒティスさんに依頼したということにすれば、あなたが無償でデビルウルフを提供した言い訳にはなるでしょう」

これなら、ヒティスの好感度を稼ぐために、魔物をユーティリが継続的に倒す理由になって、積極的に私たちが魔境へ行くときの引率になってくれるだろう。

「そんなことでいいのか？」

ユーティリは納得がいかないという風に首を傾げる。

「ええ、大丈夫だと思いますよ」

閉鎖的な共同体だと実態よりも体裁や理由が、重要だったりする場合もある。

それにヒティスにしても、漠然とデビルウルフの素材を任されるよりも、明確な依頼という形にしたほうがやる気になるかもしれない。

「そうか、なら、後でヒティスに説明をしに行かないとな」

ヒティスに合うオフィシャルな理由ができたからなのか、ユーティリは今日一番の笑顔を浮かべている。

「それがいいでしょう」

説明されてヒティスも、嫌がったり拒絶したりはしないだろう。

まあ、その前に無償でデビルウルフを受け取ってしまったヒティスがうかつだとも言える。

彼女としては、目の前のデビルウルフを素材としての鎧作りに興味が移って、高価なものを村長の次男から無償で受け取ったら、周囲からどう見られるかとかの視野が欠けていたんだと思う。

ユーティリがヒティスに説明したら、彼に感謝して好感度が上がるかもしれない。

「…………ところで、だ」

「はい」

「仮の話としてだけど、ヒティスに結婚を申し込んだとして嫌がられないかな?」

ユーティリがもじもじしながら聞いてきた。

美形とはいえ、成人男性がそんな仕草をしているのを見せられても、私としてはうっとうしいとしか思わない。

身分と権力で結婚することに即座に反対して、少しだけ感心していたのに、ヒティスと結婚できるという可能性には興味を捨てきれないようで、ユーティリの評価が私のなかで下方修正された。

なにより、八歳の子供に聞くようなことじゃない。

「…………嫌がられることはないと思いますよ」

「そ、そうか」

嬉しそうに目をキラキラさせるユーティリに釘を刺すために、言葉を口にする。

「まあ、喜ばれるかはわかりませんけど」

「えぇぇ……」

ユーティリががっかりしたように肩を落とす。

「ファイス、大丈夫か？　バカアニキ、なんでいるんだ？」

アプロアがシャードとエピティスを連れて私の部屋に入ってきた。

「黙れ、愚妹。ボクはファイスとこれからのことについて話し合ってたんだ」

ユーティリの言葉に、アプロアが胡散臭そうに顔をしかめながら応じた。

「えぇぇ」

「それより、お前のほうこそ、なんの用だ」

「べ、別に、新しい装備の相談だよ」

アプロアの言う装備の相談とは、多分、村長がデビルウルフを倒してユーティリが素材としてもらうから、私たち子供の四人に釣り合う物を用意してくれるということについてだ。

素材を受け取ったのはユーティリなんだから、彼が補填を用意するべきなんだろうけど、怠惰で貯蓄などろくにしていない彼に、デビルウルフの素材に匹敵する価値のものなんて用意できるわけがない。

まあ、村長としては、怠惰でろくに働かなかった次男が、子供の引率で魔境へ挑んだら、デビルウルフを倒してレベルまで上げてきたんだから嬉しくなって、大盤振る舞いを約束してくれたんだと思う。

「そうか、慎重に選べよ」

ユーティリが慣れた手つきでアプロアの頭をなでると、彼女は嫌そうに払いながら応じた。

「わかってるよ、うるさいな」

「はいはい、ボクはこれから用事があるから、出てくよ」

推定ヒティスの元へ向かうユーティリに声をかける。

「あの……」

「うん？」

「これから、よろしくお願いします」

静かに頭を下げる。

「お互いにな、弟君」

ユーティリが不思議なことを口にする。

「弟？」

私は村長の親族じゃないし、そこに加わる予定もないんだけど、私は意味がわからず首を傾げる。

けど、

「早く出てけ、バカアニキ」

なぜか、アプロアが真っ赤にしてユーティリを追い立てていた。

謎だ。

けど、魔境で斧を極める状況ができたのはありがたい。

これからも、私は全身全霊で斧を極めてみせる。

01 書き下ろし番外編 ヒティスと裁縫

生まれながら習得しているスキルは、神々からの祝福と言われている。

神々の祝福。

神々からの強制、あるいは呪い。

これは愚痴。

スキルを与えた神々に、それほど深い思惑があるとは考えられない。

ただの気まぐれか、適当な偶然の結果。

生まれたときに習得しているスキルなんて、実際のところそんなものだと思う。

そう、あるのは神々の思惑じゃない、人の思惑。

そのスキルを持つ者に、そのスキルに見合った仕事を押し付けるための思惑。

そこに、神々の意思なんてないのに、人々は口にする、神々に祝福されているんだからと。

でも、これは持つ者の傲慢なんだと思う。

普通、スキルを一つ習得するためには長い時間の努力が必要になる。

スキルを持たないで生まれた者の悩みや苦労を知らない、無知なる傲慢。

だから、私は生まれたときから習得している裁縫スキルが嫌いで、裁縫関連の仕事が嫌いだ。

でも、
だけど、
他の畑仕事が好きなわけでもない。

生まれつきの裁縫スキル関連の仕事を好きになれないクセに、畑でイモの世話がしたいわけでも

ないから、私はただの怠けものなのかもしれないと思ってしまう。

確かに、イモの茎から、繊維を取り出して、糸にして布にするのは、村の他の人よりも速いし、質も均一で丈夫だ。

だから、私に糸と布に関する仕事が割り振られるのは、仕方ないのかもしれない。

でも、私は性格が素直じゃなくて、ひねくれている。

だって、ある時から、私は糸を紡ぐとき、布を織るとき、裁縫スキルをほとんど使っていないから。

そもそも、村の需要を満たす糸や布に、裁縫スキルを全開にして作るほどの品質は求められていない。

糸として、布として機能していれば、それ以上は誰も求めないから、割り振られた仕事をこなせば、裁縫スキルを使用したかは気にしていないから、あきれてしまう。

結局、生まれつきのスキルなんて、神々の祝福という中身のない、誰かに仕事を押し付ける言い訳。

それでも私は、十歳のときに教会のある町まで村長に引率してもらい、裁縫士のジョブについた。

他の選択肢が提示されなかったから、仕方がないともいえる。

でも、十歳になるまで、村長が定期的に教えている剣の訓練に参加して、将来の選択肢を増やすための努力をしなかった。

ジョブを選択する十歳までに、裁縫以外の剣や木工のようなスキルを習得していれば、戦士や剣士のような戦闘職だけじゃなくて、裁縫士以外の生産職になれたかもしれない。

でも、私はやらなかった。

不平と不満を口にして、十八歳になったいまでも糸を紡いで、布にしている。

まあ、農奴の人生なんてこんなもの。

華やかでも、劇的でもない。

ただ、生きて死ぬだけ。


「君はなにを言っているの？」

目の前の少年、ファイスが口にした言葉の意味がわからない。

ファイスの後ろにいる村長の娘のアプロアも気になるけど、今は意識の外に置いておく。

「はい、ヒティスさんに鎧作りの協力をお願いしたいんです」

ファイスはまっすぐこちらを見つめている。

まるで、自分の言葉に変なことがあるなんて、少しも思っていないよう。

「……あのね、私のジョブは裁縫士で、習得しているスキルは裁縫だけなんだけど」

やんわりと、私のジョブとスキルは鎧作りに無関係だと伝えたつもりなんだけど、ファイスはなにを当たり前のことをという表情で応じてきた。

「はい、知っています。だから、お願いしているんです」

「あの……ね、鎧っていうのは、金属や革で作るのものなんだって知ってる？」

つまり、金属や革を扱うスキルの領分。

ジョブ裁縫士、スキル裁縫だけという、こんな私が関係することじゃない。

……少し、惨めな気持ちになる。

二十年にも満たない私の人生。

でも、スキルとして刻まれているのは、裁縫だけ。

嫌って、呪っているフリしても、他のスキルを習得して、他のジョブにつこうとした痕跡もない。

実際、そんな努力はしなかった。

裁縫関連と、イモ畑の世話、他のことをする時間がなかったわけじゃない。

その時間で、何年も頑張れば、剣聖は無理でも剣士や戦士にはなれた可能性は十分にあった。

生まれつきの運命があるんじゃなくて、自分が怠惰なだけだって、自覚させられる。

「一般的にはそうですね」

「なら……」

どうして、私に話を持ってきた。

愛想笑いは消えかけて、強い語気で言葉を口にしそうになったのをファイスの言葉に遮られた。

「私が作りたいのは、布の鎧です」

「布で鎧?」

意味が分からない。

刃物で簡単に裁断できる布が鎧になるなんて、想像できない。

でも、

だから、
少しだけ、気になって、鼓動がなにかをささやいた気がした。

「はい、本当は鉄蛇草で作りたいんですけど」

「無理ね」

それこそ鉄蛇草は、布で並みの鎧以上の防御力があるらしい。

でも、採取して、糸にして、布にするまでの労力が大きすぎる。

技術的な問題はそこまでじゃないけど、作ろうと思ったら、多くの人を長時間拘束してしまう。

この村に、そんな余剰人員はいない。

「はい、人手と時間がかかりすぎます。なので、ナゾイモの布で鎧を作ります」

「ナゾイモ?」

一瞬、ファイスの言ったナゾイモがなんのことを言っているのかわからなくて、首を傾げた。

「ああ、気にしないでください。普通のイモのことです」

「布を厚くすれば、少しは丈夫になると思うけど、金属どころか革ほどの丈夫さも期待できない」

「ええ、そのまま布を重ねただけじゃダメです」

違うとは思うけど、そんな浅はかなことを考えていたら、怖いから口にしておく。

「なら……」

「ここから先は、仕事を引き受けてくれたら話します」

そう言うとファイスは沈黙した。

よくわからない布で鎧を作るための時間的な余裕はある。

でも、私がファイスに協力する理由はない。

村長に命令されているわけじゃないから、この布で鎧を作ってみるという話は私にとって、余計な仕事でしかない。

まあ、アプロアがいるから関知していないということはなさそうだけど。

だから、断っても別にいいと思う。

受けるメリットがないから。

でも………少しだけ気になった。

布で作る鎧も、それを私が作れるかもしれないということも。


結局、私の下した決断は保留。

貫頭衣やロープぐらいしか作ったことがないからと口では断ってみたけど、ファイスに少し考えてみてくれと言われてほっとしたりもしていた。

情けない。

「ファイスなんかの手伝いする必要なんてないんだよ」

弟のゲネイアが、席から立ち上がって言った。

夕食のときに、最近食卓で食べられるようになった、黒玉の油で揚げたイモと薬草を口に運びながら、ファイスの布で鎧を作ることに協力すべきか、家族に聞いてみたらこの反応。

「どうして？」

「どうしてって、あいつはいつもフォールさんに逆らう生意気な奴だから」

ゲネイアが顔を赤くして力説している。

その後もゲネイアによるフォールへの中身のない賛辞が続くけど、食べている揚げたイモが、成功してサクッとしているか、失敗してベチャッとしているか以上に、まったく心に響かないから、興味を失って聞き流している。

この村で油で揚げる料理というのがなかったから、現在のところ、どの家庭も火加減や揚げる時間とか試行錯誤で、食感がサクッとならないで、ベチャッとなってしまうことも珍しくない。

我が家の揚げ物の成功率は半分よりも少し高いくらいで、食材を無駄にしないためにも失敗作も食卓に並ぶわけで、見分けられないで口にすると悲しくなってしまう。

それはともかく最近、平民で少年たちのリーダーのようなフォールは、平民だけじゃなくて農奴の少年たちも自分たちのグループに入れている。

だから、ゲネイアは農奴の自分も仲間にしてくれるフォールに心酔しているのかもしれない。

だけど、私の目から見るとフォールはアプロアたち四人を、他の年少の者たちから孤立させるためにやっているのだろうと、浅はかで利己的な意図が見えてしまう。

自分が好意を寄せるアプロアが、ファイスたちと仲良くするから嫉妬して、意地悪をしているんだとわかる。

でも、そんなことをしてアプロアが、フォールに好意を向けるとは思えない。

どうも、フォールは努力とアプローチの方向性を間違えている気がする。

まあ、未だに結婚の予定もなければ、恋人もいない私に言えることじゃないかな。

それに、ゲネイアは黒竹の笹を焙煎する仕事を、両親からやらされて、自分の遊ぶ時間が減ったから、笹を焙煎してお茶にすることを村に広めたファイスに逆恨みをしているのかもしれない。

「母さんはどう思う？」

「いいんじゃない、成功したら、村長の役に立つかもしれないんでしょ」

母のリケリが、目をキラキラさせながら言った。

重要なのは、そこですか。

まあ、そこなんだろうな。

母はとにかく村長が好きだ。

と言っても、恋人にしたいとか、浮気したいとかじゃないらしい。

よくわからない感覚。

最近、クシとシャンプーとかいうのが広まって、母は髪が綺麗になってから、やたらと村長に必要以上に会いたがる気がする。

村長は強いし、容姿も整っているから、母が好意を寄せるのも理解できるけど、父の目の前で言うのはどうなのだろうと、娘としては思ってしまう。

「ああ……うん」

「おお、そうだな、もしかしたら、褒美に酒がもらえるかもしれないからな……ヒティス、嫌じゃなければ協力してやったらどうだ」

父のスピールは、辺境の村の農奴にとって貴重な酒が飲めるかもしれないと、身を乗り出す。

酒よりも、自分の妻が、村長とは言え他の男性に好意を向けているんだから、危機感を持ってほしいけど、無理そう。

……………どうにも、私の家には相談する相手がいないらしい。

まあ、それでも、ダメなところは多いけど愛すべき家族だ、多分。


気持ち悪いと思ってしまった、八歳の少年を。

でも、根底にあるのは嫌悪というよりも、畏怖。

目の前の少年が、理解できないなにかに思えてしまった。

好奇心に負けて、布で鎧を作るという荒唐無稽なファイスの話に協力することにした私の手の上には、謎の板が乗っている。

手よりも少しだけ大きいサイズの四角い板。

表面は、なにかを塗って、白くなっている。

布で鎧を作るために、ファイスが自作したサンプルらしい。

見た目よりも軽くて、柔軟性もある。

程度はわからないけど、それなりに頑丈そう。

確かに、これなら鎧になるかもしれない。

それはいい。

いや…………凄いことだっていうことは十分にわかるけど、それよりも私の心を占めるのは、ファイスが理解できないということ。

今までも、ファイスには奇行があった。

でも、それは理解できる奇行。

スキルを上げるために、一つの行動に熱中する者はこの村でも、多くはないけど、数年に一人ぐらいの割合でいる。

もっとも、その大半の者は、熱意が半年以上持続することがない。

だから、ファイスが村中の農奴の家の薪割をするのも、珍しくはあっても不思議な光景じゃないといえる。

……でも、これは違う。

……なに、これ。

意味が分からない。

アプロアたちと一緒に、魔境から持ち帰った黒玉やタケノコ、黒竹のように、存在はしていたけど、見向きもされていなかった物に価値を発見することも、凄いと思う。

でも、それは、理解できる。

他の人が無価値と思った物が、本当に無価値なのか、検証することは十分に起こりえること。

でも、でも、でも、布を鎧になりえる物に加工する？

ただの農奴の少年に可能？

まだ、新素材を魔境で発見したと言われたほうが納得できる。

もっとも、その考えは、私の裁縫スキルによって即座に否定された。

どう加工しているのか、わからないけど、これはありふれたイモの布。

ああ、でも、同時に、思う…………もったいない。

雑すぎる。

なにが？

なにもかもが。

手の上にある板は画期的で、ファイスは理解の範疇外のなにかに思える。

この発想や知識は、村で一番多彩な人生経験のある村長も持っていない。

それどころか、リザルピオン帝国にも存在しないかもしれない。

そんな異質な偉業をファイスは、なしている。

警戒して、恐怖して、拒絶するべきなのかもしれない。

……でも、無理。

今すぐにでも、自分でこれを作りたい。

ファイスの見せてくれたサンプルは、画期的だけどそれだけ。

出来損ない。

心が侵食される。

警戒も恐怖も好奇心が蹂躙していく。

衝動的に、工夫すべき工程と手順を考えてしまう。

糸の選別、質と太さ、より合わせ方を、思い浮かべて、検証。

即座に、二百のパターンを思い浮かべ、否定すべき要素を思い付き、五十以下まで絞る。

……ああ、なんだろう、これ。

試したい。

早く、試したい。

思いついたことと、実際の誤差がどれくらいなのか、確認したい。

それに比べれば、目の前の八歳の少年の不気味さや異質さなんて、ささいなこと。


結局、私はファイスの手を取った。

詳細は覚えていないけど、村長も全面協力しているらしい。

……あれ、違ったかな？

娘のアプロアが乗り気だから、賛成はしていないけど、黙認して少しだけ力を貸しているんだっけ…………どうでもいいか。

うん、そんなささいなことは、どうでもいい。

今の私には、もっと重要なことがある。

布を鎧にする。

それも、実用レベルの物。

布にしては頑丈レベルだとダメ。

材料は、イモの布と膠、以上。

とても、シンプル。

これだけで、鎧ができるのかと思えてしまう。

ああ、一応、完成したら漆モドキとかいう物をベースにした塗料を表面に塗るらしい。

当然だけど、試行錯誤をするためには、大量の膠が必要となる。

膠は貴重品というほど希少じゃないけど、農奴が試行錯誤で浪費できるほど安い物じゃない。

農奴で、少年で、資産なんて持っていなさそうなファイスが、どうやって、まとまった量を調達するのかと思ったら、ゴブリンの膠を使うそうだ。

……ゴブリンから膠が取れたということを初めて知った。

村長としても、ゴブリン銅と角以外に利用価値のなかったゴブリンに利用価値が生まれるなら、ゴブリンの間引きのために魔境へと出かける自警団に、ゴブリンの死体を持ち帰ってもらうのも問題ないと判断したようだ。

まあ、それも、どうでもいい。

普段から、糸を紡いで布を織っている作業小屋で、視線を周囲に向ける。

元々、それほど広くはなかったけど、今は布と膠で試作したサンプルが並んで、少し手狭だ。

私は試作した複数のサンプルを手に考える。

試作したサンプルのなかには、強度が出ない、あるいは脆くなると思えた物も含まれていた。

どうして、これらの失敗作と呼べる物をあえて作ったのか。

想像と現実の誤差を知るため。

だから、これらの物は失敗作じゃない。

色々な情報を含んだ貴重なサンプル。

サンプルの感触を確かめながら、思考する。

思考と現実の誤差を修正しつつ、さらに改善するポイントは？

思考の海で、想像の羽を広げて、検証。

「えっと、大丈夫ですか？」

遠慮がちにだけどかけられたファイスの言葉がわずらわしくて、応じるのも億劫に感じてしまう。

「……なにが？」

「作業量が、その……」

言い淀むファイスを見て理解した。

この村の常識で考えれば、私の作業量は異常かもしれない。

私は十日分のノルマを一日で終わらせて、さらに布で鎧を作ることをしている。

「大丈夫、普段は少し手を抜いているから」

私は普段の糸や布を作るときに、裁縫スキルを使っていない。

まったく使わないわけじゃないけど、基本的に使わない。

でも、早く終わらせたいときとか、怠けすぎて期限に間に合わなくなりそうなときだけ使っていた。

だから、私が全力でやったときに、これだけ早くできることをファイスだけじゃなくて村の住人は知らない。

そもそも、私の裁縫スキルが十を超えていることも知らないと思う。

まあ、スキルレベルを申告しないといけない規則もないから、私が罰せられることもない。

だけど、普通は自慢するように、成長したスキルを周囲に言いふらす。

実際のところ、私もここまで早くできるとは知らなかった。

「少し……」

ファイスがひきつったような表情をしている気もするけど、どうでもいいか。

今日、生まれて初めて裁縫スキルを習得していることに感謝した。

素材はありきたりな物。

でも、工夫の余地は無限にあると思えてしまう。

少しの創意工夫で、確かめられる性能の限界がくると思ったけど、果てはまだ見えない。

これが熱中？

バカみたいに、目の前のことだけを考えて、作業の結果について思考して、それ以外のことなんて少しもしたくない。

　食事や睡眠すら、時間を浪費させるわずらわしいことに思えてしまう。


「あの、これ」

　村長の次男のユーティリが、収納袋を差し出す。

　どうも、追加のゴブリンから抽出した膠が入っているみたいだ。

　ありがたい。

　作業小屋にある膠の残りが少なくなっていたから、補充を受け取りに行こうとしていたからちょうどよかった。

「ありがとうございます」

「いや、愚妹が関わっていることみたいだから、気にしないで」

　少しだけ、ユーティリの言葉の意味がわからなくて、首を傾げたけど、少ししてなんとなく思い出せた。

　ファイスだけじゃなくても、村長の次女のアプロアも作業小屋に出入りしている……………気がする。

　それはそれとして、話をするときは相手を見たほうがいいと思う。

　ユーティリは顔を赤くして、興奮した様子だけど、視線の先が私を素通りする。

　少し不愉快。

「じゃあ、ボクはこれで。愚妹やファイスが迷惑かけるようなら、きっちり言い聞かせるから遠慮しないで」

それだけ言って、ユーティリは去っていった。

手のなかにある収納袋に視線を向ける。

「どうせなら、作業小屋まで一緒に運んでくれたらいいのに」

少し不満に思いながら、作業小屋に向けて歩き出すと、声をかけられた。

「ヒティス、大丈夫だった？」

同い年で平民の女性。

名前は…………なんだっけ。

まあ、いいか。

そいつは、他の同世代の女性を数人連れている。

名前は…………やっぱり思い出せない。

普段から、集まって、仕事の愚痴と男の品評会をしている連中。

私は農奴であることと、裁縫関係の仕事を理由に、あまり関わっていない。

だって、面倒だし。

それに、つまらないから仕方がない。

「えっと、なにが？」

大丈夫の言葉の意味もわからないし、作業小屋に戻るのを邪魔しないでほしい。

「だって、ユーティリに声かけられたんでしょう」

平民の女性が、見下すような笑みを浮かべている。

さっきのユーティリとは別の意味で不快。

「そうですけど」

「なら、迷惑だったでしょう」

「は？」

意味がわからない。

ユーティリと楽しく話したとは言えないけど、別に迷惑じゃなかった。

どちらかと言えば、今の会話のほうが迷惑。

「いいの、隠さなくて、だってあんな怠け者に、好意を向けられてもねぇ」

まるで、ユーティリに好意を向けられるのをダメなことのように言うこいつらに、イラついてくる。

確かに、ユーティリは怠け者だし、私に好意を向けているのも、なんとなくわかっていた。

でも、それを迷惑だとは思ったことはない。

「そうそう、いくら村長の子供でもね、あれじゃ」

他の女性たちが口を開き、好き勝手なことを口にする。

「顔は合格なんだけどね」

「「アハハハ」」

まあ、辺境の村の結婚で、仕事を真面目にしない相手を嫌がるのは変じゃない。

家庭を持って子供を育てるのは、ロマンだけで成立しないというのも、当然。

でも、それだけ。

誰かを見下して笑っていい理由にはならない。

そもそも、男を一方的に品評しているけど、自分には無条件で選ぶ権利があると思っているのは
なんなんだろう。

彼女たちが品定めするように、男も似たような品定めをしていると思うんだけど、自分が見向き
もされない可能性とかは考えないのか、不思議。

あまりにも耳障りな音だから、遠ざかるために、離れるための言葉を口にする。

「あの、私、仕事があるから」

「ああ、薪割している変なのとなにかしてるんだっけ。大変ね、あんなのに付き合わされて」

背中から聞こえた言葉に、反応しないようにするのが大変だった。

確かに、ファイスは変な奴だ。

でも、彼は凄い。

変だと見なして、無視するほうがバカだ。

それに、私はユーティリを凄いと思っている。

彼は怠け者。

これは本当のこと。

仕事を最低限しかしないし、成長するための努力もしない。

でも、周囲からの期待とか、義務感とかに背中を向けることが、簡単じゃないって私は知っている。

称賛されることじゃないけど、凄いこと。

少なくとも、私にはできない。

私は裁縫スキルに流されて翻弄されるだけ。

抗って、逆らったことなんてない。

……まあ、それだけなんだけど。

そもそも、農奴の私と村長の次男のユーティリが結婚する可能性は低い。

だから、好意の有無なんて考えてもしょうがない。


「これで、完成ですね」

ファイスが身に着けた白い布鎧を触りながら、満足しているように言った。

「……うーん、悪くはないけど、改善の余地が」

これでもゴブリン相手なら十分すぎる防御力がある。

完成と言えるかもしれない。

でも、完璧じゃない。

まだ、布を重ねる枚数にも工夫の余地がある。

いや、糸から工夫して、重ねる場所によって布の性質を変化させるとか、色々と試したい。

「……もう、やだ」

虚ろな目をした調薬スキルを習得しているヤルナが、生気のない声で言った。

うん、無理をさせすぎたかな。

布鎧がある程度の性能を超えたときに、完成を想定して塗料で白くしてみたんだけど、性能に変化があった。

プラスの変化だけど、布鎧の性能としては最適化されているとはいえない。

だから、塗装して起こる性能の変化を想定して、布の性質や枚数を調整した。

それに合わせて、塗料にも工夫を加えてほしいと、塗料を作っているヤルナに頼んだ。

最初は、彼女も笑顔で応じてくれていたのに、数日で彼女から笑顔が消えてしまった。

少し罪悪感を覚えてしまう。

「ありがとうございます」

「いや……私も楽しかったから……」

そう、楽しかった。

この布鎧を作る短い間、私は楽しかった。

今までの人生で一番充実していたかもしれない。

……でも、少し冷静になれた今は、罪悪感を覚えてしまう。

だって、私は今まで裁縫スキルを嫌っていた。

生まれたときから、そこにあることを呪っていた。

なのに、
それなのに、
今さら裁縫スキルに感謝して、鎧作りを楽しむ？

今さら？

「どうかしました？」

私の様子が気になったのか、ファイスが声をかけてきた。

「いや……」

どうかしているけど、人に言うことじゃない気がする。

いや、そもそも、八歳の子供に言うことじゃない。

「気になることがあるなら言ってください」

ファイスは真剣な眼差しで聞いてくる。

布鎧に問題があったのかもしれないと思っていそうだ。

誤解をさせたままだと面倒そうだから、口を開いた。

「そういうことじゃないんだけど、ただ……嫌っていた裁縫スキルに対して、今になって感謝するのって、どうなのかなって」

「……うん？　なにがいけないんです？」

ファイスが、わからないという風に、首を傾げる。

「だって、今まで嫌っていたのに、楽しみ方を見つけたから、手のひらを返すように感謝するなんて」

「いいんじゃないですか、楽しくて熱中できるものが見つけられなくて、うとましく思っていたものが宝物に思えるときもありますよ」

「でも、今さら楽しむなんて」

「楽しむのに、遅すぎることなんてないと思います。人によって死ぬまで見つけることもできないこともあります。楽しめるようになったときに全力で楽しめばいいんですよ」

八歳の少年とは思えない説得力が、なぜかファイスの言葉にはあった。

「そう……かな、でも、怒られそう」

「誰にです」

「裁縫スキルをくれた神様とか？　もしくは、裁縫スキルに今さらかって」

心の奥の自分も、今さらって怒りそう。

「別に、怒らないと思います。あげたもので相手が苦労していたら申し訳ないですけど、楽しんでくれるなら、それが何年後でも嬉しいと思います」

「そう……かな」

私は楽しんでいいのかな。

「それに、そんなに気負わなくていいと思います。私も今は斧を極めるのがなによりも楽しくて、熱中しています。でも、ある日突然、飽きてしまうかもしれません」

ファイスはなんでもないことのように、平然と言う。

「それは……」

とても怖い。

素直に鎧作りを楽しむのも怖いけど、それ以上に飽きるかもしれないというのがなにより怖い。

寝食を忘れて熱中して楽しんだ鎧作りが、時間の経過と共に摩耗して色あせて失われるという未来。

考えたくもない。

「でも、それでいいと思います。だって、これは誰かに強制された義務として楽しんでいるわけじゃありませんから、飽きて止めてしまう時がくるかもしれません。だから、そんな時がくるまで全力で楽しみます」

そのファイスの言葉はとても軽くて、とても重い。

「そっか……それは、そうだ」

この熱中して楽しむ感覚は、断じて義務として誰かに強制されたわけじゃない。

自分のなかからわき上がってきたもの。

「裁縫スキルと仲直りできそうですか？」

「うん、大丈夫、ありがとう」

私は八歳の少年に、なにを言われているんだろうと苦笑してしまう。

でも、そう、ちゃんと裁縫スキルと向き合えそう。

日々の村長から任されている糸や布を作ることも、急に特別楽しくなったりはしないけど、裁縫スキルを成長させることに利用できると考えれば前向きにもなれる。

だから、飽きるまで、鎧作りを裁縫スキルと楽しんでみよう。

02

書き下ろし番外編

鍛冶師クダードの事情

「この人がやりました」

オレに指を突きつけ、醜く歪んだ笑みを浮かべて、宣言したのは一番弟子の男ゼラムザ。

聞いたこともない詐欺事件の犯人として、身に覚えのない罪を突きつけられる。

心にわき上がったのは、怒りではなくイラ立ちだ。

オレが鍛冶をするのを妨害してくることがわずらわしい。

そんなことを悠長に思っていた。

もっと簡単に言えば、なめていたのだ。

この状況を。

………いや、世間をなめていた。

あるいは自惚れていたのだ。

ドゥール王国、最高の鍛冶師という周囲の評価に。

牢屋に投獄されても、自分の客には身分の高い者が何人もいたから、真実が明らかになって解放されると信じていた。

だが、実際には、オレのために動いた者は一人もいなかったらしい。

オレが作った物を求めたときは、頭を下げて無数の財貨を積み上げたのに。

オレの無実を証明するために、なにかしようとは思わないようだ。

いや、そもそも、ゼラムザ以外にも十人以上の弟子がいたのに誰一人動かなかった。

それだけの労力をかける価値がない。

それが世間と弟子からのオレへの評価。

助けがないことよりも、そのことがなによりもオレの心を折った。

ドゥール王国最高の鍛冶師。

そんな周囲からの称賛や評価。

わずらわしくて、どうでもいいと思っていたのに、いざとなったらそんなものにすがって、手を払われた。

実に滑稽な話だ。

他人のことなら、笑い話だが、自分のことだから情けなくなる。

だが、当然かもしれない。

なにしろ、オレを助けるだろうと思っていた弟子や客たちの顔と名前ですら、一致するか怪しい有様だ。

どういう背景を持ち、どういう人間なのか、思い出せないどころか、そもそも記憶していなかった。

なのに、自分は、そんな相手に助けてもらえると、疑問も抱かずに信じていたのだ。

自分のことながら、あまりにも傲慢だというしかないだろう。

こうしてオレは犯罪奴隷に落とされた。

しかし、元ドゥール王国最高の鍛冶師という肩書がついた犯罪奴隷は、どうにも売りにくいらしい。

鍛冶師としての腕はあるから、やたらと値段が高いのに、複数の高位の貴族をだました犯罪者。

ドゥール王国で暮らしている者なら、複数の貴族に恨まれているかもしれない奴隷に、高い金を出して、その貴族に目をつけられるリスクを選択したりしない。

だから、数か月、オレの買い手はつかなかった。

そのことが、折れた心に追い打ちとなり、かすかに残っていた自尊心を削っていく。

それでも、ここを出たら、奴隷の身であろうと、鍛冶をさせてもらえるなら、オレを助けなかった者たちを後悔させる物を作ってみせると、始めのうちにはのんきな妄想もできていた。

本当に、世間知らずで、危機感がない。

時が経ち、値を下げるかと検討され始めたときに、物好きな買い手が現れた。

そいつは有名な傭兵で、傭兵を辞めて帝国の辺境の村長をやるそうだ。

意味がわからん。

そのまま傭兵をやっていたほうが、収入は良いはずだし、これまでの名声があれば好待遇で家臣にしようとする貴族もいたはずだ。

それなのに、辺境の村長になる。

その上、オレのような犯罪奴隷を購入して、村に連れていくそうだ。

本当に、意味がわからん。

どんな村か知らないが、オレのような鍛冶師が必要な環境ではないことだけは確かだろう。

ワイバーンかドラゴンの群生地が近い？

あるいはオーガの集落が複数あるとか？

ありえない。

そもそも、そんな環境のところに村を作ったりはしないだろう。

それなのに、このゼルトスと名乗った傭兵は、オレを買うそうだ。

理解はできない。

だが、そもそも、犯罪奴隷に選択の余地などないのだ。

代金が支払われ、正規の手続きが進み、こいつがオレの主人になった。

そこに、感謝も感動もない。

すでに、このときオレは抜け殻になっていた。

そこには、どこまでも、鍛冶師として、貪欲に技量を高めて物を作っていたオレはいない。

鍛冶だけではなく、すべてのことにやる気を持てなくなっていた。

当初の見捨てた奴を見返してやる、なんて気概は見る影もなくなっている。

だが、そんなオレをゼルトスは咎めない。

任せた仕事をこなすなら、一日中酒を飲んでいてもなにも言わなかった。

まあ、面倒なことに弟子の指導も仕事として任されてしまったが、仕方がない。

もはや、どうでもいいことだ。

かつては人間関係、地位、名誉、財産、そんなものに興味はなく、ただ、優れた物を作るそれだけに情熱を燃やして、探求した。

両親の死別にも感情を動かさず、作った物を誰がどう使うかも気にしなかった。

そんな物を作る狂気に憑りつかれたような情熱も失っている。

「師匠」

十年以上の時が流れて、帝国にある辺境の村での暮らしにも慣れて、味の良し悪しのわからない酒を飲んでいると、バカ弟子のマレンスが声をかけてきた。

「なんだ」

「いつになったら、俺を一人前として認めてくれるんですか?」

マレンスが恨みがましい視線をオレに向けてくる。

ドゥール王国時代のオレなら拳で黙らせていただろうが、今はその気も起きない。

魔樫製のジョッキに残る酒を一気に飲んでから口を開く。

「だから、言ってんだろ。別に、今日から一人前として認めてやってもいいと。嫌がってんのはお前だろうが」

そもそも、オレに文句を言うのが間違っている。

すでに、条件は示しているのだから、後はマレンスが努力すればいいだけの話だ。

まったく、本気で一人前になりたければ、人に泣き言を口にしている場合じゃないだろう。

「うっ……だって、師匠が」

「人のせいにすんな、自警団の武器を一人で作るだけだぞ。こんなとこにビビってどうすんだ」

マレンスに提示した一人前の条件、それは自分一人で仕事を引き受けて、完遂する。

ただ、それだけのことだ。

一人前を名乗るならできて当然のことだろう。

「それは……」

「それこそオレが死んだら、この村の鍛冶はお前が担うんだぞ」

本当にどうすんだ、こいつは。

そうあきれていると、マレンスが泣き出しそうな顔で迫ってきた。

「師匠、どこか悪いんですか。だから、いつも、飲みすぎるなって」

「例えばの話だバカ」

アルコール交じりのため息を吐く。

村長のゼルトスは、毎日飲んだくれているオレを咎めない。

任された仕事をこなし、作った物に問題がなければなにも言わずに、追加の酒を渡してくれる。

村長の支払った大金の対価にしては、雑な扱いだが文句はない。

ただ、支払った分の価値を取り戻すために、不眠不休で働かされると思っていただけに拍子抜けではある。

まあ、村長の真意や意図なんかは、どうでもいい。

投獄されて、奴隷になったときに、物を作る情熱も消えてしまった。

ここにあるのは、ドゥール王国最高の鍛冶師の残滓でしかない。

うまいとも思わない酒のアルコールで、現実を薄め続けて、残りの人生を消化するだけだ。

早くマレンスが一人前になってくれれば苦労はもっと減るが、現状だとそれも難しいだろう。

マレンスの腕自体は悪くない。

いや……ドゥール王国時代のオレなら弟子にしない程度の才能ではある。

だが、それで問題ない。

この村で、こいつに、求められているのは、帝国一の鍛冶師じゃないからな。

この村の鍛冶師。

もっと言えば、この村の需要を満たす鍛冶師だ。

それなら、こいつのほうが向いているかもしれない。

そもそも、純粋に鍛冶師の才能という意味なら、マレンスはドゥール王国時代の弟子と比べても劣っている。

弟子として認めることすら、しなかったかもしれない。

だが、それだけのことだ。

この村の鍛冶師には、鋼を鍛えて竜を殺せる武器を作ることを求められているわけではない。

包丁や農具などの日用品がメインで、武器もゴブリンやフォレストウルフに通用する品質程度。

究極の名剣よりも、毎日使う包丁を作る技術が必要となる。

確かに、包丁でも品質の良い物を求められるが、それ以上に使いやすさが求められる。

実のところオレの苦手な分野でもあるのだ。

骨やまな板を両断できる包丁ならともかく、切れ味はそこそこでいいから、軽くとか、短くとかの客の要求に寄り添うやり方がわからない。

要求自体はわかるのだが、鍛冶師としてのオレが邪魔をする。

その重さや形状にも意味があるのに、その最適解を崩して、できの悪い物を作れと言われている
ように聞こえてしまう。

技術的には対応可能なはずなのだが、どうにも嫌悪感がわいて感覚が鈍る。

笑える話だ。

こんな飲んだくれのクセに、物を作ることへの情熱を失っているのに、客の要求に対応すること
に嫌悪感とは、自分勝手な話だと、自分のことながらあきれてしまう。

だが、マレンスは違う。

こいつは、客と世間話をしながら、要求を聞き出して調整する。

さらに、物が完成した後も、使い勝手を聞いて調整する熱心さだ。

オレの目には、切れ味を鈍らせたり、強度を落として、客のために品質を悪くすることに心血を
そそぐこいつのことを理解できない。

だが、なんとなく、こいつがあのときのオレの立場だったら、多くの者が助けるために動いてく
れただろう。

いや、そもそも、そんな事態にすらならなかったもしれない。

だから、こいつは歴史に名を刻む名工にはなれないが、立派なこの村の鍛冶師にはなれるだろう。

それこそ、オレよりも適性がある。

「師匠……」

マレンスが恨みがましい視線を向けてくるが、無視する。

早くマレンスが一人前になりたがる事情も知っているが、基準を下げてやる気はない。

なんでも、マレンスには結婚の約束をしている平民の幼馴染がいるそうだ。

村長はマレンスに一人前の鍛冶師になったら、農奴から平民にすると約束している。

というか、マレンスの身分が平民にならないと、同じ農奴ならともかく平民の女性との結婚は帝国だと難しい。

結婚の約束をしている平民の女性も、本人の気持ちはともかく、その家の両親は適齢期があるから、農奴の鍛冶師が平民になるのを待つよりも、この村の適当な平民と結婚させようとするかもしれない。

だから、マレンスは一人前になろうと焦っている。

簡単だとも言えるし、難しいとも言える問題だ。

なにしろ、現状でもマレンスは技術的には一人前を名乗っても問題はない。

それなのに、名乗れていないのは、純粋に本人の覚悟の問題だ。

オレに言えることはない。

ただ、正直、マレンスがここで足踏みをすると思っていなかった。

マレンスは責任感がありすぎるとも言える。

自警団の使う武器を一人で作るということは、難しくはない。

だが、マレンスは自分の作った武器の性能が悪くて誰かが命を落とすことを恐れすぎている。

オレなら、誰かが命を落としても、そいつの腕か運が悪かったんだろうでおしまいだ。

それ以上に、考えることなんてない。

まあ、これは自分の作った物に、そこまでの自信を持てているかということの表れかもしれない。

だから、オレはオレのやり方で、弟子の背中を押す。

「泣き言を口にする前に動け」

うつむく弟子を蹴り飛ばして、多くの物を作らせて、経験させて、自信を育てるしかできない。


「どうしました？」

オレに手を差し出して、不思議そうに首を傾げるファイスという八歳のガキ。

いや、ガキに擬態した化け物、もしくは狂人。

村長から、四人のガキにクルム銅製の物を作ってくれと言われた。

クルム銅は過去に、クルムというゴブリン銅の研究に憑りつかれた賢者だか鍛冶師だかが、製法を見つけた合金だ。

ゴブリン銅をベースにした合金で、亜鉛、鉄に銀も使うが、性能に比べて、素材のコストが安い。

このクルム銅はベテランの傭兵や冒険者なんかの武器として使っても問題のないレベルだが、あまり使われることはなかった。

確かに、必要な素材は安いのだが、クルム銅という合金にして、武器にするということは鍛冶師に高い技量を要求する。

だから、クルム銅を扱える鍛冶師なら、安価なクルム銅を使った武器の依頼ではなく、別の高額で希少な素材の加工の依頼を受けるだろう。

例外は、腕の立つ鍛冶師が、知り合いの新人に贈り物代わりに依頼を引き受けるくらいだ。

あるいは、そんな希少な素材とは縁のなくなった、奴隷の鍛冶師とかだろう。

だから、村長が八歳のガキにクルム銅製の物をということに違和感を覚えないわけじゃないが、興味もないから深くは追及しなかった。

さっさと物を作るために、四人の手を確認していく。

オレは確かに、一人一人に合わせて、調整するのを苦手としているが、別に片手剣を作ってくれと言われているのに、両手で扱う大剣を作るほどズレているわけじゃない。

だから、ガキ相手に性能がいいからと大人用の物を作るほど、常識がないわじゃないのだ。

最初の三人は特になんの感想もなかった。

この年齢にしては、努力をしているほうだが、それだけだ。

珍しくはあっても、世の中にいなくはない。

だが、四人目のファイスというガキの手を見て、オレの中に浮かんできたのは嫌悪感だ。

まるで、自分の手を見ているようで、気持ち悪い。

それも、見せられるのは、過去に捨ててきたものだ。

物を作ることに情熱を燃やして、それ以外のすべてに興味がなかったオレの手に似ている。

もちろん、積み重ねられたものや、時間の長さは違う。

他人からすれば、まったくの別物で類似点なんてないと言うだろう。

しかし、方向性、あるいは根本のようなものは同じだ。

つまり、なにかに憑りつかれた狂人。

そんなかつての自分の狂気を見せられたようで、気分が悪くなる。

だが、今のオレにとってはどうでもいいことだ。

「なんでもない。鉈でいいんだな」

オレの言葉にファイスは、辺境の農奴とは思えない丁寧な態度で応じる。

「はい、よろしくお願いします、クダードさん」

「ああ」

それで、話は終わったはずなのに、ファイスが口を開いた。

「一つ聞いても」

「あん、なんだ」

「なぜ、クダードさんはやらないんですか？」

ファイスが口にしたのは意味不明な疑問の言葉。

それなのに、鋭い刃物で刺されたような気がした。

「………なんの話だ」

動揺で震えそうになる声を抑えるのに苦労する。

冷汗が止まらない。

「わかりませんか？」

ファイスがどうして通じないのかと、不思議そうに首を傾げる。

「さあな」

強引に会話を打ち切る。

ファイスが言おうとしたのは、なぜ、全力で物を作ろうとしないのか？

ああ、こいつなら、不思議に思うかもしれない。

だが、そのことを懇切丁寧に話してやる義理はない。


手に入る素材に、設備など、ここが物を作るのに最適だとは思わん。

だが、ドゥール王国時代よりも、オレの作業を邪魔する要因は少ない。

ここでも、物作りの探求はできる。

極論だが、ゴブリン銅で想像できる武器の極致を目指すのだって悪くはない。

ただ、今のオレには、その情熱がないだけだ。

心が折れたから。

「つまらん話だ」

オレのドゥール王国時代の過去をファイスに聞かせた。

話す気はなかったが、バカ弟子のマレンスのことで迷惑をかける立場でもあるし、沈黙しているよりも話してしまったほうが、気楽になるかとオレの過去を聞かせたのだ。

覚悟の決まらないバカ弟子のマレンス。

自分の作った物のできで人の生死が決まるかもしれないなんてことは、オレにとっては悩むようなことじゃない。

だから、オレにはマレンスが一歩を踏み出すためのアドバイスを口にすることができなかった。

いつかは解決するかもしれないが、時間がかかりそうだったから、別の刺激をマレンスに与えることを考え、村長に許可をもらっている。

つまり、このファイスやユーティリたちと一緒に、魔境で魔物と実際に戦ってみるというものだ。

そうすれば、マレンスの悩みが解決するとは思わないが、なにかマレンスの心身に変化はあるだろう。

オレも変わったものだ。

どういう経緯や理由であれ、弟子のために自分のことを語るなんて。

昔のオレからは想像もできない。

「……わかりません」

すべてを聞いたファイスは、首を傾げている。

「だろうな」

結局、同じ経験でもしなければ理解なんてできない。

「いえ、そうじゃなくて、どうして、それでクダードさんから作ることへの情熱をなくせるのかわかりません。ここには資金や貴重な素材はありませんが、それだけです。あなたが自由に物を作ることを邪魔するものはいないと思いますが？」

「なにを……」

言っているのだろうか、こいつは。

熱は消えたんだ。

「だって、心が折れる理由がありますか？」

「それは！」

心を土足で踏まれたような感覚だ。

あまりの不快感に、言うべきことを口にできない。

「どうでもいい人の行動によって、あなたは多大な迷惑をこうむったかもしれません。でも、それって物を作らなくなる理由になりますか？」

「……やめろ」

「まるで、クダードさんは熱意を持って物を作ることを恐れているように」

「黙れ！」

衝動的に怒鳴っていた。

八歳の小さなガキを。

みっともない。

だが、それほど、ファイスの言葉が怖いと思ってしまった。

「……失礼しました。好奇心にかられて、出過ぎたことを言いました」

ファイスは静かに頭を下げて沈黙する。

やはり、こいつは狂人の類だ。

オレの心の奥にしまっていたものを暴き出したのに、こいつにとってはちょっとした疑問を口にした程度のこと。

オレの態度や反応が理解できないと思っていることだろう。

…………ああ、そうだ。

周囲に裏切られたから、物作りの情熱を失った？

そんなわけがない。

そんなものは周囲と自分をだますための言い訳だ。

本当は、裏切りも投獄も、どうでもいい。

ただ……

オレは疑ってしまった。

自分が情熱を向けている対象に、その価値があるのかと。

オレの作った物は、本当に意味があり、価値があるのかと。

ドゥール王国時代、オレが物を作れば、財と権威を与えられた。

周囲の有象無象だと思っていたものが、望まなくても持ってきた。

だが、オレがピンチになったときに、その有象無象は動かなかった。

オレが作った物、これから作る物に、本物で価値があれば、オレを嫌っていたとしても、誰かが動いたはずなのだ。

なのに、誰も動かない。

オレの作った物は、有象無象と見下していた者すら動かせない物だった。

その程度の価値しかないと、世界から評価を突きつけられる。

そのことを自覚したときに、怖くなった。

自分が情熱を向けていたものと行為は、その程度の価値しかないのかと。

だから、全身全霊の物作りはできなくなった。

無価値な行為をするのかと、恐怖の鎖がオレを縛っている。

……自覚したくない事実だ。


「師匠、本当に魔境に行かないとダメなんですか」

バカ弟子のマレンスが青い顔を向けてくる。

そんなマレンスは、最近この村で作られている白い布製の鎧を装備して、腰にはオレがゴブリン銅で作ってやった片刃の大剣を帯びている。

本当は、自分の作った武器を持って行けと言ったんだが、オレの作った武器じゃないと嫌だと、駄々をこねるので、拳で黙らせてから大剣を一本作ってやった。

剣スキルを習得することはできていないようだが、村長からイット流という剣術の基礎を教えてもらったそうだから、簡単には死なないだろう。

それに、マレンスは一人で魔境に行くわけじゃないから、なおさら死ぬ可能性は低い。

「ダメじゃねぇけど、経験して損にはならねぇよ」

オレの言葉に、マレンスは不満そうな表情だ。

「でも……」

「オレだって、剣、槍、斧、弓を一通り操れて、ゴブリンくらいなら、群れでも一人で狩れるぞ」

それに、物を作る上でレベルが高くて困ることはない。

むしろ、長時間の過酷な作業などをこなせるようになるから、メリットしかないといえる。

「えっ……なんで？」

「実際の使い方も知らずに、良い物が作れると思うか？」

剣を実戦で使ったことのない鍛冶師は、剣の刃を鋭くして切れ味を追及して、数回の戦闘で使い物にならなくなるという失敗をやらかす。

剣は血や脂で汚れると、急激に切れ味が悪くなるから、そうならない工夫か、そうなっても武器として機能する工夫が必要なんだが、実戦経験がないと、ここら辺を軽視しがちだ。

それに、剣スキルを習得していると、剣を作るときに感覚的に補正が働く……ような気がする。

これに関しては、鍛冶師としての常識じゃなくてオレの経験則だから、間違っている可能性は否定できない。

「それは……そうかもですけど」

「今回は護衛もついて、鎧もあるから、死ぬことはないだろう」

まあ、その護衛が怠け者のユーティリと八歳のガキだから、マレンスが不安になるのもわからなくはない。

だが、ここで尻込みさせるわけにはいかない。

逆に言えば、八歳のガキでもやっていることを、成人男性のマレンスがビビって拒絶することはできないだろう。

そう言ってやると、マレンスは諦めた表情を浮かべた。

「ですよね」

「まあ、油断しなければな。格下と油断した冒険者が、ゴブリンの不意打ちで死ぬのは珍しくないからな。そこは気をつけろ」

一応、ゴブリン討伐の経験者として親切心で釘を刺したら、マレンスは絶望的な表情を浮かべながら応じた。

「そんな……」

この世の終わりのような表情をしながら装備の確認をするマレンスを横目に、魔境での手順を確認するためにと来ていたファイスに声をかけた。

「まあ、弟子のことは頼む。……それとな」

「はい？」

「お前は怖くないのか？」

オレが恐れているものをこいつは怖がっていないように思えたから、聞いてみたかった。

「なにがです？」

「自分の情熱を向けてきたものに、価値がないと知ったら」

オレの言葉に、ファイスは首を傾げながら応じた。

「……それは、誰が決めるんですか？」

「誰って、周囲がだよ」

「不思議なことを言いますね。クダードさんは価値があるから情熱を向けたんですか？　私は楽しいからやっているだけです。周囲が理解できずに無価値と考えても、邪魔にさえならなければ問題ありません」

ファイスは平然と言い切る。

「やはり、オレとお前は違うな」

こいつはかつてのオレと同じように、なにかに憑りつかれてはいるが、狂い方がオレとは違う。

あるいは、自分の追及しているものが無価値だと、周囲から突きつけられた経験がないだけもしれない。

「当然なんじゃないです？　別人なんですから」

ファイスはなにを当たり前のことをと、不思議そうな顔をしている。

やはり、こいつは気にくわない。

周囲に、世界にとって無価値の物を、死に物狂いで創造する道化のようになるという恐怖。

恐怖を感じない方法は簡単だ。

全力を出さなければいい。

だが……無価値と断じる声は耳を貸すに値するのか？

いや、耳を貸さずにいられるのか？

……悩んでいる時点で答えは出ている。

まだ、オレ自身は全力で物を作りたいのだ。

だが、恐怖の鎖が一歩を阻む。

それなのに、別のことだが、無邪気に恐れることなく突き進むファイスの奴が、羨ましくて妬ましいと思ってしまう。

八歳のガキを相手に、情けない。

ただ、眩しいと目をそらすのは簡単だが、それじゃあダメだろう。

まずは、錆落としを兼ねて、目の前の仕事を、いつもより全力でやってみるか。


「師匠」

マレンスが魔境から帰ってきた。

「おう、無事だったか」

特に、怪我をしている様子はないのに、マレンスの表情が暗い。

なにが、あった？

ゴブリンを一体も倒せなかったか？

「俺はしばらくこのままでいいです」

こちらをまっすぐ見据えながら口にしたマレンスの言葉に、オレは首を傾げながら応じた。

「このままって、一人前になって幼馴染と結婚するんじゃないのか」

「彼女のことは諦めたくはないです。でも、自警団が使う物を、彼女との結婚を理由に、妥協した物にしたくないです」

マレンスは迷いなく言い切る。

魔境に行って一皮剥けたようだが、少し面倒な方向に振り切れたようだ。

「……そうか」

「はい、ゴブリンと戦うのは怖かったです。だから、そんな怖い戦場で命を預ける物に妥協はできません。俺が自分の作った物に、命を預けてくれって、言える物じゃないとダメです」

「……はぁ、まったく、不器用なバカ弟子だ」

一人前の覚悟を決めさせるために、その一環として魔境へ送り出したのに、こいつは逆の覚悟を決めてしまった。

鍛冶師として好感の持てる姿勢だが、今のこいつに持ってもらいたい覚悟じゃない。

「すいません」

「別に、かまわねぇよ。だが、幼馴染が別の奴と結婚することになったら、どうするんだ」

オレの言葉に、バカ弟子は目を泳がせながら応じた。

「それは………あき……らめ、ます」

「はぁ、バカ弟子が、そうなる前に、腕を上げると、やる気を見せてみろ」

「はい！」

「手間のかかるバカ弟子だ」

まあ、師匠として少し動いてやるか。

オレが全身全霊で作った大剣を見せれば、村長もオレの言葉に少しは耳を傾けるだろう。

今のオレにとっては、試金石として丁度いい。

あとがき

この度は『転生者は斧を極めます』を読んでいただきありがとうございます。

アーマナイトと申します。

この話は小説家になろうに投稿しようとしたときから、紆余曲折がありました。

戦闘ではなく木を切り倒すことで強くなるという設定を思いつき、世界観や設定を決めていき、いくつかの見せ場を想像して、主人公を十代後半から、二十代前半を想定して、書き始めようとして困りました。

どうにも、そのままだと主人公の動機や世界観の説明が難しかったので、転生者にして八歳まで年齢を下げて、主人公の人物像を掘り下げて、世界観や設定を極力不自然にならないように、書き始めることができました。

さらに、二万文字くらい書いた時点で気づいたのです、主人公の名前を決めていないと。すぐに、ファイスという名前を決めて、本文も修正しましたが。

主人公に名前がなくても、ある程度書けるものだと不思議に思ったものです。

まあ、この話に関しては、自分がうかつだっただけなのですが。

その後も、十万文字書き上げて、小説家になろうに投稿したら、それまで使っていたパソコンが壊れて、各キャラクターの名前の意味や性格、思いついたら書き足していた世界観や設定などを失ったりして、バックアップの重要性を実感できるようになったのは良い思い出です。

そんな色々あった『転生者は斧を極めます』も、書籍化という奇跡を起こしてくれました。

できれば、初期に想定していた場面までは、書き上げたいと思っております。

それでは、今後ともよろしくお願いいたします。

©三木なずな・TOブックス／没落貴族製作委員会
没落予定の貴族だけど、暇だったから魔法を極めてみた
テレ東・BSフジ・AT-Xほかにて
TVアニメ絶賛放送中！

NOVEL

第⑩巻
好評発売中!!!

COMICS

第⑩巻
2025年
2/15
発売!!!

最新話はコチラ!

SPIN-OFF

「クリスはご主人様が大好き!」
好評発売中!!!

最新話はコチラ!

〈放送情報〉

※放送日時は予告なく変更となる場合がございます。

テレ東　毎週月曜　深夜1時30分～
BSフジ　毎週木曜　深夜0時30分～
AT-X　毎週火曜　夜8時00分～
(リピート放送 毎週木曜 朝8時00分～／毎週月曜 午後2時00分～)

U-NEXT・アニメ放題では地上波1週間先行で配信中!
ほか、各配信サービスでも絶賛配信中!

STAFF

原作：三木なずな『没落予定の貴族だけど、暇だったから魔法を極めてみた』(TOブックス刊)
原作イラスト：かぼちゃ
漫画：秋咲りお
監督：石倉賢一
シリーズ構成：髙橋龍也
キャラクターデザイン・総作画監督：大塚美登理
美術監督：片野坂悟一
撮影監督：小西庸平
色彩設計：佐野ひとみ
編集：大岩根力斗
音響監督：亀山俊樹
音響効果：中野勝博
音響制作：TOブックス
音楽：桶狭間ありさ
音楽制作：キングレコード
アニメーション制作：スタジオディーン×マーヴィージャック

オープニングテーマ：saji「Wonderlust!!」
エンディングテーマ：岡咲美保「JOY!!」

CAST

リアム：村瀬 歩
ラードーン：杉田智和
アスナ：戸松 遥
ジョディ：早見沙織
スカーレット：伊藤 静
レイナ：宮本侑芽
クリス：岡咲美保
ガイ：三宅健太
ブルーノ：広瀬裕也
アルブレビト：木島隆一
レイモンド：子安武人
謎の少女：釘宮理恵

詳しくはアニメ公式HPへ!
botsurakukizoku-anime.com

シリーズ累計 95万部突破!!(紙+電子)

転生者は斧を極めます

2025年3月1日　第1刷発行

著　者　アーマナイト

発行者　本田武市

発行所　TOブックス
〒150-0002
東京都渋谷区渋谷三丁目1番1号　PMO渋谷Ⅱ　11階
TEL 0120-933-772（営業フリーダイヤル）
FAX 050-3156-0508

印刷・製本　中央精版印刷株式会社

ISBN978-4-86794-449-3